江戸怪談を読む

死霊解脱《しりょうげだつ》物語聞書《ものがたりききがき》

〔増補版〕

残寿 著／小二田誠二 解題・解説／松浦だるま 解説／広坂朋信 注・大意

白澤社

〈凡例〉

本書は、『死霊解脱物語聞書《しりょうげだつものがたりききがき》』を現代の読者に読みやすいかたちで提供するものである。

一、『死霊解脱物語聞書』本文は、小二田誠二氏所蔵本（正徳二年刊・挿絵入り）より活字化した。また、本書中の挿絵も同本のものである。

一、本文の仮名遣いは底本のままとし、漢字のみ現代のものにした。底本の状態により不明の箇所は『叢書江戸文庫26　近世奇談集成（一）』（高田衛・原道生責任編集、国書刊行会、一九九二年）を参考にして補った。

一、ふりがなは、底本にあるもののほかにも難読の箇所には編集部の判断で追加し、すべて現代仮名遣いで表記することとした。

一、読みやすさを考慮して、本文の句読点を現代風にあらため、また、適宜改行した。

一、解題と解説は小二田誠二、脚注・大意の作成は広坂朋信による。

一、資料として併載した『古今犬著聞集《ここんいぬちょもんじゅう》』巻第十二「幽霊成仏《ゆうれいじょうぶつ》の事《こと》」は、大久保順子『東北大学附属図書館狩野文庫所蔵『古今犬著聞集』本文翻刻篇』をもとに、読者の便宜のため会話文を「　」でくくり、句読点を追加し、ふりがなを現代仮名遣いにあらためた。

（白澤社・編集部）

〈前口上〉

累ヶ淵《かさねがふち》怪談について――繰り返される悲劇

江戸時代がはじまり七〇年ほど過ぎたころ、下総国《しもうさのくに》岡田郡《おかだごおり》羽生村《はにゅうむら》（現在の茨城県常総市羽生町《じょうそうしはにゅうまち》）で、菊《きく》という少女に父親の先妻である累《かさね》の死霊《しりょう》が取《と》り憑《つ》き、村中を巻き込んだ騒動が足かけ四か月にわたって続く怪事件が起きました。この事件を弘経寺《ぐきょうじ》の僧・祐天《ゆうてん》が解決するまでを描いたのが『死霊解脱物語聞書《しりょうげだつものがたりききがき》』です。

羽生村の事件が江戸に伝わると多くの人々の関心をひき、歌舞伎、浄瑠璃、小説、落語、講談など、さまざまなジャンルでこの事件を題材にした作品が生み出されました。小説では『南総里見八犬伝《なんそうさとみはっけんでん》』の作者・曲亭馬琴《きょくていばきん》（滝沢馬琴）による『新累解脱物語《しんかさねげだつものがたり》』（文化四年、一八〇七）があり、歌舞伎では『東海道四谷《とうかいどうよつや》怪談《かいだん》』の作者・鶴屋南北による『法懸松成田利剱《けさかけまつなりたのりけん》』（文政六年、一八二三）の後半が羽生村の事件の話で、『色彩間苅豆《いろもようちょっとかりまめ》』として独立して上演される名場面です。また、当時の文人たちの随筆や日記にも登場します。ここでは、それら羽生村の事件から派生した怪談をひっくるめて累ヶ淵《かさねがふち》怪談と呼ぶことにします。

馬琴の小説や南北の歌舞伎は、事件の背景に大名家のお家騒動を設定したり、人間関係を複雑にしたりするなど、いずれも大幅に脚色されていますが、共通項も見て取れます。累という女性が殺されること、殺された累に何らかの関係のあった人々の上に不可解な事件がたび重なること、そして、悲劇が世代を越えて繰り返されること、です。登場人物たちは運命に翻弄されるように悲劇を繰り返します。事件の繰り返しが、累という名に重ね合わされるようにして物語られるのが累ヶ淵怪談の最もきわだった特徴といえましょう。

累ヶ淵怪談は現代でも歌舞伎、文芸、落語のほか、映画やコミックにも翻案されています。なかでも、幕末から明治にかけて活躍した落語家・三遊亭圓朝《さんゆうていえんちょう》の創作落語『真景累ヶ淵《しんけいかさねがふち》』は有名で、現代で「累ヶ淵」といえば、たいていの場合、この圓朝作の怪談噺のことです。田邊剛のコミック『累《かさね》』（エンターブレイン）や、中田秀夫監督の映画『怪談』（二〇〇七年公開、尾上菊之助・黒木瞳ほか出演）など、現代の累ヶ淵怪談のほとんどは圓朝『真景累ヶ淵』を原作としています。

ところでこの圓朝『真景累ヶ淵』は、冒頭で「名題を真景累ヶ淵と申し、下総国羽生村と申す処の、累の後日のお話でございまするが」とことわりが入っております。もともとこの噺は「累ヶ淵後日の怪談」という題名であったそうで、つまり「累ヶ淵」として知られている物語の後日談である、という位置づけになります。

このように、「累ヶ淵」の物語は、元の事件から離れて、実に多くのジャンルで、さまざまな脚色をほどこされて語られてまいりました。それではそもそもの累ヶ淵とはどういう話だったのでしょうか。累ヶ淵怪談の元となった『死霊解脱物語聞書』とは、祐天や菊という羽生村で起きた事件の当事者たちがまだ存命の時期に、祐天の弟子にあたる僧・残寿《ざんじゅ》と名乗る人物が、祐天の談話を中心に、羽生村の人々に取材した情報を合わせて、事件の顛末を復元しようとしたものです。

本書は、この『死霊解脱物語聞書』本文を、小二田誠二氏の解題、解説とともに現代の読者に提供するものです。また、累ヶ淵の事件について現存する最も古い文章である『古今犬著聞集《ここんいぬちょもんじゅう》』「幽霊成仏の事《ゆうれいじょうぶつのこと》」を参考資料として併載しました。

江戸時代の人たちが読んで大いに楽しんだであろうこの物語が、現代の私たちにはどのように読めるのか。小二田誠二氏の解題・解説を道案内に、江戸時代の本当にあった不思議な話の世界へ、いざ、参りましょう。

＊＊＊

今回の増補版刊行にあたり初版の誤字、誤記を正したほか、『古今犬著聞集』より資料を追加し、漫画『累 - かさね -』（講談社イブニングKC、全十四巻）の作者、松浦だるま氏に解説を寄稿していただき収録しました。

（二〇二四年一二月　広坂朋信）

〈江戸怪談を読む〉死霊解脱物語聞書〈増補版〉＊目次

死霊解脱物語聞書　下

『聞書《ききがき》』を読まずして怪談を語る事なかれ！

小二田誠二

最も重要な怪談

授業で江戸怪談の話をすると毎度驚かされるのは、お岩さんとお菊さんの区別がつかない学生の多いこと。それから、『雨月物語《うげつものがたり》』や『牡丹灯籠《ぼたんどうろう》』も〝怪談〟として一緒に考えていること。まぁ、そこが面白くて、都市伝説的な怪談と小説などの創作との違いを考えさせるよい導入になるわけだが。

ところで、江戸のこと、怪談のことはそこそこ知っていても〝累《かさね》〟のことは識《し》らない、と言う人は意外に多い。三遊亭圓朝の『真景累ケ淵《しんけいかさねがふち》』も通しで演《や》られることはまずないし、知っていても〝原話〟、つまり『死霊解脱物語聞書《しりょうげだつものがたりききがき》』との違いについてまで詳しい人は多くない。歌舞伎でも『色彩間苅豆《いろもようちょっとかりまめ》』は演られてもそれを含む『法懸松成田利剣《けさかけまつなりたのりけん》』や『解脱衣楓累《げだつのきぬもみじがさね》』の上演はまれだし、コンパクトで面白い馬琴の読本『新累解脱物語《しんかさねげだつものがたり》』もそう多くは読まれていないだろう。それでは『死霊解脱物語聞書』は面白くないのか、と言うと、とんでもない。授業で紹介すると、これも決まって「映画にしたら絶対当たりますね！」と言われる。ホントに。どうして映画化されないんだろう。

江戸時代を通して最も有名だった幽霊は、多分、「四ツ谷怪談」の岩でも「皿屋敷」の菊でもなく、累だった。落語や歌舞伎、小説などに豊かな作品群を生み出していることもそれを証明する。現代でも、怪談の研究者たちは、やっぱり最も重要な〝事件〟としてこの話を取り上げるし、その時最も重要なテクストは『死霊解脱物語聞書』である。実をいうと『死霊解脱物語聞書』は、そういうわけで既に翻刻出版《ほんこくしゅっぱん》されている。ところが、ちょっと判りにくい本の中に紛れていたりするので、一般の人の目には触れにくい状態が続いている、と言うのが現状らしい。

今度、有り難いお話しを戴いて、『死霊解脱物語聞書』を改めて翻刻出版することになった。研究者にとっては今更、という感もあるが、ちょっと古くて読みづらい文章だけれど読んでみたらかなり面白いぞ、ということを理解していただくために、この本のどこがどう面白いのか、どの辺に気をつけて読んだら楽しめるのか、ということについて、少し詳しく書いておくことにする。

死霊解脱物語聞書とは

まずこの本の概要を簡単に書いておこうと思うのだが、その前にひとつ重要な前置きがある。『死霊解脱物語聞書』は、元禄三（一六九〇）年に印刷・出版されている、ということだ。江戸時代の〝本〟は、必ずしも印刷・出版されるわけではない。そして、実は「皿屋敷」や「四谷怪談」を含め、江戸時代の怪談の〝原話〟は、当時ほとんど出版されていない。なぜかというと、そういう同時代の事件や噂話の類は出版が禁止されていたからだ。江戸時代には何度も出版に関する取締りが行なわれている。それでも私たち現代人がそれらの内容を知っているのは、歌舞伎や小説など、改変された二次的な〝作品〟によっている。それではその〝作者〟たちはそれらの原話をどのように知ったかというと、もちろん、一つは口コミであった。しかしそれらは残らない。おそらく、今は伝わらない〝本当にあった不思議な話〟は無数にあった。で、そうした話のいくつかは、講釈師などの職業的な語り手によって口演され、読み物として書き留められることもあった。また、誰かの日記に記録されることもある。こうして、出版を前提としない書き物は、個人的に、或いは貸本屋などの手によって一冊一冊書き写された〝写本〟として今も残っているのである。

こうした書き写しの本、〝書き本〟、なかでも時事的な話題を扱った〝実録〟のことは別の機会に書くとして、この『死霊解脱物語聞書』は、まだそういう統制がきつくなかった時期に、宗教宣伝の意味もあって刊行されたものと考えられる。地方が舞台とは言え、地名・人名・寺院名などが実名のまま出てくるのも珍しい。その後、正徳二（一七一二）年に再板。西村重長の挿画が入るものもあり、さらに何度か刷られたらしく、江戸時代の出版物としては今でも案外残存数が多い。その上そうした印刷物〝板本〟から写した〝写本〟として伝えられた物もあるので、相当読まれた物であるらしいことがわかる。

この本は、現代人が想像する〝怪談噺〟や〝小説〟とは少し印象が違う。内容は、後に増上寺《ぞうじょうじ》三十六世となる（というか、目黒の祐天寺《ゆうてんじ》に名を残す）祐天上人が所化《しょけ》（学僧）時代、今の茨城県常総《じょうそう》市《し》に属する下総国岡田郡羽生村《しもうさのくにおかだごおりはにゅうむら》で起こった憑霊《ひょうれい》事件を解決した経緯である。その話を残寿《ざんじゅ》という僧が、祐天や事件を目撃した人々から取材して記録したというもので、今でいうルポルタージュにあたる。この〝聞書《ききがき》〟は受動的な〝見聞録〟ではないということにも注意する必要がある。

三世代にわたる因縁が、数え十四歳の若妻に取《と》り憑《つ》いた霊によって暴かれていく。それをエクソシスト祐天が解決する。簡単に言えばそうなのだけれど、話は個人的な怨念の話を超えて、江戸時代前期の、裕福とはいえない村社会が抱えたさまざまな問題をあぶり出してゆく。そして、後に見るように、〝臨死体験〟後に菊が語る地獄極楽巡りや、祐天による悪霊祓いイベントなど、これが〝本当にあった話〟であることを周到に語るのである。元禄時代、井原西鶴が出て、江戸時代の散文文芸は一変し、ようやく読みやすく判りやすい表現を獲得しつつあった。そういう時代、すでに仏教界（あるいはそれに近い所）に相当な表現力を持った書き手がいたことも驚くべきだろう。

元禄の怪僧、祐天

累という〝霊〟の名前も重要だが、本書のもう一人の〝主役〟は、死霊を解脱《げだつ》させた祐天という僧である。先に書いたように、増上寺第三十六世、大僧正。東京都目黒区の祐天寺は弟子によって建立された。もとは千葉氏族で後に帰農したという新妻重政《にいづましげまさ》を父とし、陸奥国岩城郡《むつのくにいわきごおり》（現在の福島県いわき市の内）に生まれたとされる。

幼くして出家し、増上寺袋谷壇通上人《だんつうしょうにん》に学ぶが、愚昧《ぐまい》で経文を憶えられず勘当を受け、成田山に参籠《さんろう》、不動の剣を飲み込むという霊夢を見て知恵を授かった。その後は壇通上人を慕って、浄土宗の教育機関である関東の壇林寺院《だんりんじいん》を巡り、説法で頭角を現し（累事件もこの時期）、延宝二（一六七四）年、勘当を許され、壇通入寂《にゅうじゃく》の後、貞享三（一六八六）年、下総国葛西領牛島《かさいりょううしじま》に拠点を置いて諸国を巡り数々の奇瑞《きずい》を現した。元禄十二（一六九九）年、綱吉の命によって下総国生実大巌寺《おゆみだいがんじ》住持となり、元禄十三（一七〇〇）年、飯沼弘経寺《ぐきょうじ》、宝永元（一七〇四）年、小石川伝通院《でんづういん》住持を経て、正徳元（一七一一）年、増上寺第三十六世、即席大僧正。正徳四（一七一四）年、麻布一本松に隠棲、享保三（一七一八）年七月十五日入寂。八十二歳。火葬の時、舌根は焼け残ったといわれ、弟子の祐海《ゆうかい》が建立した祐天寺の寺宝となったという。

身分制度の整備された江戸時代にあって、系譜はともかく、地方の農民の子でありながら江戸宗教界の最高峰にまで上り詰めた祐天は、いわば江戸時代最大の出世を遂げた人物の一人である。そして、なぜそんなことが可能だったのか、を考えると、数々の奇瑞《きずい》を現したこと、つまり〝霊能者〟的な側面を無視できないようなのだ。

祐天が江戸で活躍した元禄時代、〝怪僧〟として時代劇などにも登場して一般に有名なのは、綱吉やその母桂昌院《けいしょういん》に重用された護持院《ごじいん》大僧正隆光《りゅうこう》だが、彼は綱吉の歿後失脚した。祐天は同じ時代、政治の表舞台には現れないものの、隆光と同じように将軍からも大奥からも崇敬され、しかも家宣の時代になっても重用された。そこで発揮された〝霊力〟は、世継ぎを生むことを要求される大奥の人々の不安を取り除くカウンセラー的な能力であったのだろう。もちろん、さらに実際的な業績として、「南無阿弥陀仏」の六字名号を書いて配ったり、浄土宗の大切な伝授方式である「五重相伝《ごじゅうそうでん》」を復興したりと、在家の信仰生活に大きな影響を与えたほか、奈良・鎌倉両大仏の再興を始め、多くの廃寺を復興させたことなど、江戸時代前期の仏教を目に見える形で復興させた実力者であった。彼の伝記は奇瑞譚として早くから伝説化され、『祐天大僧正御一代記』など、写本としても流布したほか、文化五(一八〇八)年には五十一件もの奇瑞譚を集めた説話集、『祐天大僧正利益記』も刊行されている。

『死霊解脱物語聞書』は、まだ出世の途上にあった実在の人物の、〝本当にあった〟事業について書かれた本なのである。

〝聞き書き〟ということ

さて、大まかな内容と最重要人物を確認したところで話を戻そう。前に『死霊解脱物語聞書』が現代人が想像する〝怪談噺〟や〝小説〟とは少し印象が違う〝聞書〟であると書いたのは、僧侶と思われる残寿と名乗る筆者の〝書き方〟によっている。本文中、破戒僧の堕獄に触れたあと、自らの罪障《ざいしょう》を懺悔するように突然名前を記す筆者については、今のところ何も判っていない。或いは祐天その人を含め、実際に事件に関わった人物かと疑われもするが、材料がないのでここは詮索しない。皆さんがそれぞれに思い浮かべればよろしい。

ルポライターである語り手、残寿は事件当時現場には居なかった。寛文十二（一六七二）年の事件であり、刊行は元禄三（一六九〇）年だから、十八年の隔てがある。若い僧なら事件の頃は、生まれていたにしても出家はしていなかったかもしれない。残寿は事件を見ていなかったのだけれど、この話は当時とても有名になっていて、参考資料の『古今犬著聞集《ここんいぬちょもんじゅう》』にあるように、すでに書き留められ、広まってもいた。そして『古今犬著聞集』の記述は意外に『死霊解脱物語聞書』と似ているのだけれど、おそらく当時はもっと大話にしたり関係ない話を混ぜたりして、〝事実〟が見えにくくなった話も色々あったのだろう。そこで残寿は、生き証人を取材して書く、というルポルタージュを試みた、ということらしい。

もちろん、だからといって、いちいち「誰それによれば」というような断りをしているわけではないのだけれど、目撃していない冷静なルポライターが、たくさんの証言を集めて再構成した記事には、全体として浄土宗や念仏の有効性を説く姿勢はあるものの、一方的な思い込みに任せて書いたような妙な興奮がない。そのことは、事件の全体像を完全に解き明かしてくれないもどかしさを残しているのだけれど、それがかえって、この事件そのものが実際にあったのだということを証明してしまっているようにも見える。

すべての事件に目撃者がいる

読み始めるとすぐに、我々は、累《かさね》殺害の現場に連れて行かれる。この事件が起きたのは正保四（一六四七）年、憑霊事件の寛文十二年より二十五年も前の話だ。残寿が憑霊事件から話を始めなかったのには、多分理由がある。それは、この殺人事件は村の誰もが知っていたけれど封印してきた〝事実〟だったということだろう。実際、目撃者がいたこと、敢えて告発しなかったことまで書かれている。読む者は、まず加害者であり、累の夫である与右衛門を憎み、そして、私たちを迎える村を恐れる。二十五年後に憑霊事件が起きたとき、与右衛門はシラを切るけれど、読者は目撃者を呼べばいいと思い、実際そうなる。以後、この村の人達が犯したさまざまな罪には、ことごとく生きた証人が存在することが明らかになる。唯一、最初の殺人事件である助《すけ》の事件だけは、最も高齢の者でさえ生まれる前の事件であったけれど、これまた封印されていた言い伝えと、若者達が知っていた意外な現象とが結びついて、確かにあったことになる。

『死霊解脱物語聞書』の著しい特徴は、この、徹底的な〝裏付け〟にある。私たちは、村人が知っていることは知っており、知らないことは、村人とともに読み進めながら学ばされることになるのだ。

普通の人々に幽霊が見えるようになるまで

与右衛門の罪を封印してきた村人達は、現代の我々から見たら、そして多分同時代の〝まとも〟な人達にとっても、とんでもない〝未開〟の連中である。しかし、彼らはこの憑霊事件を通じてさまざまなことを学ぶ。菊の口を借りた累によって、あるいは臨死体験をした菊自身によって、死後訪れる地獄極楽のありさま、念仏や石仏の効用、因果応報の道理……。その〝学習〟は、繰り返すが、本書を読み進める読者にも同時に起こっている。こうして村人（同時に我々読者）に与えられる知識は、遅れてやってくる祐天の行動を予見し、あるいは疑わせるに十分なものでもある。にもかかわらず、祐天はその疑問を乗り越えて事件を解決していく。

しかも、実は、祐天は特殊な霊能者ではない。確かに念仏の力によって霊を成仏させるという最終的な〝処理〟は彼の仕事だけれど、累に対しても、もう一人の犠牲者、助《すけ》に対しても、そして、瀕死の菊に対しても、単純に成仏の儀式を行なうのではなく、それぞれの現象について、正確な由来を調べ、突き止めた後に、戒名を授け念仏を唱えて成仏させるのである。その〝調査〟では、期待に反して彼は特別な力を発揮してはいない。それどころか、方言で語られる霊の言葉を正確に理解することすらできないでいる。それを解読して歴史の文脈の中に落とし込んでいく作業は村役人と村人達によって行なわれる。

菊が語った地獄極楽の有様も、無学な少女（数え十四歳という境界的年齢は重要かもしれない）が日頃見聞する範囲でしか表現できず、大人達、あるいは筆者残寿自身によって解説されている。

罪深き村人達は、こうやって知らず知らず、祐天の、あるいは累や助の論理に引き込まれ、残寿の懺悔と一緒に、読者もまた自分たちの罪深さを自覚し、悔い、念仏による救済を願うようになる。この過程で、冒頭で許しがたいと思った与右衛門でさえ、因果の犠牲者でしかないことも認めてしまう。そういう流れの結果として、この作品最大のクライマックスが訪れる。いままで言葉の中での出来事に過ぎなかったものを「みてしまう」のである。このくだりは本書中の白眉、見事と言うほかない。そして、この集団催眠のような状態それ自体が、この憑霊事件の要であるだろう。村人達は、三世代に及ぶ因果話を、確かに村の中で起こったことだと信じ、因果応報や念仏の功徳を信じる。確かに教化される。しかも、菊という生き証人の出家を留まらせることで、寺と住職への信頼はそのまま、村人達も在家のまま、それぞれの仕事に励みつつ、念仏三昧の暮らしを心懸けるようになるだろう。

たぐいまれな〝事実記録〟か、壮大なトリックか

近代科学の世紀を過ごし、新しい世紀に踏み出した我々は、亡霊の存在など本気で信じてはいない。同時に、科学技術への絶対的な信頼が大きく揺らいでもいる。そういう状況の中で、〝近代〟が排除

してきたさまざまな〝何か〟について、もう一度考え直さなければならないとも思っている。人間の手に負えない自然災害や強大なエネルギーに対して、祈りや信仰に現実的な効力があるとも思えないけれど、不安を抱える人々の心に大きな影響力を持つことは否定しようがないし、それはとても大切なことだ。

『死霊解脱物語聞書』を読む我々は、憑霊事件という、〝あり得ない話〟に驚きながら、あるいは江戸時代の未開を嗤い、あるいはその仕掛けを解き明かそうと思うだろう。しかし、一方で、私たちが現代社会を生きていくために封印してきた〝何か〟の存在に気づかざるを得ない。

『死霊解脱物語聞書』には、累、祐天のほかに、もう一人の霊である助《すけ》、二人が取り憑く菊、累の夫であり菊の父である与右衛門、菊の婿金五郎《きんごろう》、祐天の師である弘経寺檀通上人及び学僧たち、弘経寺の若党権兵衛《ごんべえ》、名主三郎左衛門《さぶろうざえもん》、年寄庄右衛門《しょうえもん》、それから、助の事件を語る古老八右衛門《はちえもん》のほか、名前の出ない村人達も登場する。

これらの登場人物達は、残寿の取材を受けた情報提供者でもある（その前に亡くなった人もいたろうが）。祐天は、何か裏があったとしても語るはずがない。そして村人達は、自分たちが現場で見たものを〝ありのまま〟に述べただけだろう。村役人や菊、あるいは権兵衛は、〝仕込み〟の段階から参加していたのだろうか。そもそも、残寿は実在するのか。確かに言えることは〝語り手〟としての残寿は、我々同様、全く何も知らないところから出発している、ということくらい。

歴史学は、〝正しい証拠〟を博捜《はくそう》し〝虚構〟を排除して〝本当にあったこと〟の記述に努めてきた。そういう立場からこの記述を腑分《ふわ》けし、事件を再提示することも可能だろう。そこまで小難しく考えずとも、詮索《せんさく》は愉しい。そこから明らかになる何かもあるかもしれない。しかし、もっと重要なことは、戦乱の時代が終わり、儒教に基づく新しい倫理観・世界観が浸透していく過程で、古い世界観との相克《そうこく》として農村が抱えてしまった病理を解き放った祐天の事業は、最終的な象徴的儀礼としての念仏や手段としての怨霊を、〝非科学的〟だといって排除せず、方便として認めるなら、極めて真っ当な集団カウンセリングの成功例だと言えるのではないか、ということだ。

亡霊の口を借りてしか語ることのできない真実がある。怪談は、怖がらせる娯楽ではなく、その時々を生き抜いていかねばならない人々に見えている世界、そのものであるのかもしれない。

本書について語るべき事、語りたいことは尽きないが、それはまた別の機会に追々述べていくことにしよう。あまりに誘導的な解題を書いてしまったことを反省するけれど、これはこれで一つの読み方を提示したまで。読者諸賢は、それぞれに、或いは謎を解きながら、或いは怖がりながら、愉しく読んでいただければ幸い。

死霊解脱物語聞書　上

しりょうげだつものがたりききがき

累《かさね》が最後《さいご》之《の》事《こと》

過《すぎ》にし寛文《かんぶん》十二年*1の春。下総国岡田郡羽生村《しもつさのくにおかだこおりはにゅうむら》*2と云里《いうさと》に、与右衛門《よえもん》と聞《きこ》ゆる濃民《のうみん》の一子《いっし》、菊《きく》と申娘《もうすむすめ》に、かさねといへる先母《せんぼ》の死霊《しりょう》とりつき、因果《いんが》の理《ことわり》を顕《あらわ》し、天下《てんか》の人口《じんこう》*3におちて、万民《ばんみん》の耳おどろかす事侍《はべ》りしか、その由来《ゆらい》をくわしく尋《たずね》るに、彼《か》の累《かさね》と云女房《いうにょうぼう》*4、顔かたち、類《たぐ》ひなき悪女《あくじょ》にして剰《あまつさ》へ心ばへまでも、かたましきゑせもの*5也。しかるに親《おや》のゆづりとして田畑《でんばく》少々貯《たくわえ》持故《もつゆえ》に、与右衛門と云貧《いうまずし》き男《おとこ》、彼《かれ》が家に入甥《いりむこ》*6して住《すみ》けり。

哀れ成哉賤《なるかないや》しきものゝ渡世《とせい》ほど、恥《はじ》がましき事はなし。此女《このおんな》を守りて一生を送らん事。隣家の見る目朋友《ほうゆう》のおもわく。あまりほひ（本意）なきわざに思ひけるか、本《もと》より因果《いんが》を弁《わきま》ふるほとの身にしあらねば、何とぞ此妻《このつま》を害し、異女《ことおんな》をむかゑんと思ひ究《きわ》めて、有日《あるひ》の事なるに夫婦《ふうふ》もろともはたけに出て、かりまめ*7と云物《いうもの》をぬく。ぬきおわつて認《したた》めからげ、

＊1　寛文十二年　一六七二年、四代将軍徳川家綱の治世、江戸幕府は由井正雪の乱（一六五一）、明暦の大火（一六五七）といった危機を乗り切り、前年（一六七一）には伊達騒動（仙台藩のお家騒動）を決着させるなど、天下泰平の時代を迎えつつあった。

＊2　下総国岡田郡羽生村　現在の茨城県常総市羽生町。

＊3　天下の人口　「人口」はこの場合人数ではなく「人の口」で、多くの人の話題に上ったということ。

＊4　累と云女房　「かさね」という女性名は、松尾芭蕉『奥の細道』にも出てくるが、芭蕉は「聞きなれぬ名のやさしかりければ」と書いているので、珍しい名前だったのかもしれない。「かさね」は、物を重ねるという意味のほかに、再度、たびたび、という意味もある。後者の意味がこの物語にも

彼《か》の女におほくおふせ、其身も少々《しょうしょう》背負《せお》ひ暮近《くれちか》くなるまゝに、家地《いえじ》をさして帰《かえ》る時、かさねがいふやう、わらわが負《おい》たるははなはだ重《おも》し。ちと取わけて持給《もちたま》へとあれば、男《おとこ》のいわく今少々絹川辺《きぬがわへん》*8まで、負《お》ひ行《ゆけ》。彼《かし》こより我《われ》かわり持《もつ》べしとあるゆへに、是非《ぜひ》なくくるしげながらやう〱、絹川《きぬがわ》辺にいたるとひとしく、なさけなくも女を川中へつきこみ、男もつゞゐてとび入り。女のむないたをふまへ、口へは水底《みなぞこ》の砂《すな》をおし込《こみ》、眼《まなこ》をつつき咽《のんど》をしめ、忽《たちま》ちせめころしてけり。

すなはち死骸《しがい》を川にてあらひ、同村《どうむら》の浄土宗法蔵寺《じょうどしゅうほうぞうじ》*9といふ菩提所《ぼだいしょ》に負ひ行き、頓死《とんし》とことはり、土葬し卒《おわん》ぬ。戒名《かいみょう》は妙林信女《みょうりんしんにょ》*10。正保《しょうほ》*11四年八月十一日と。慥《たしか》に彼寺《かのてら》の過去帳《かこちょう》に見へたり。

さて其時《そのとき》同村の者共一両輩《いちりょうはい》。累が最後の有様、ひそかにこれを見るといへども、すがたかたちの見にくきのみならす、心ばへまで人にうとまるゝほど成《なり》ければ。実《げ》にもことわりさこそあらめとのみ、いゝて、あながちにおとこをとがむるわざなかりけり。

おける累という女のキャラクターをよく暗示している。

＊5 かたましきゑせもの　「かたましい」は、頑固な、かたくなという意味。「えせもの」は「似非者」で偽者の意味もあるが、ここでは、意地悪な者。

＊6 入甥　「甥」という字は兄弟姉妹の子を指すが、『聞書』では「婿」の意味で使っており、板本でも「むこ」とフリガナをふっている。

＊7 かりまめ　「青刈り大豆」のこと。実ではなく、葉や茎を刈り取って飼料・肥料などに使うために栽培される大豆。四世鶴屋南北作の歌舞伎『色彩間苅豆』（いろもようちょっとかりまめ）の外題は、この場面に由来している。

＊8 絹川　鬼怒川のこと。事件の舞台となる羽生村は鬼怒川沿いにひらけた農村。

＊9 法蔵寺　浄土宗寺院、羽生町に現存。累の墓がある。

累と与右衛門夫婦は連れだって畑に出かけ、刈豆を収穫した。

＊10　妙林信女　累の戒名とされているが、浅野祥子氏の調査によれば、菊の生母の戒名だったという。浅野祥子「『死霊解脱物語聞書』の考察」『国文学試論』13号、大正大学、一九九七年。

＊11　正保四年　一六四七年、三代将軍徳川家光による治世の晩期。この前後の時期、江戸幕府は一六四二年の大飢饉（寛永飢饉）を受けて、四三年（寛永二十年）には農民に耕地の売買を禁止する田畑永代売買禁止令をさだめ、四九年（慶安二年）には農民に対し法令遵守、質素倹約などを説いた慶安御触書を出すなど、農村の管理強化に取り組んでいる。

累《かさね》の最期《さいご》

【累《かさね》が最後之事《さいごのこと》】大意

与右衛門《よえもん》の妻、累《かさね》は二十五年前に溺死《できし》した。その真相とは……。

与右衛門「いっそ、この女殺して、別の女房を迎えられたら……」

寛文《かんぶん》十二年の春、下総国岡田郡羽生村《しもうさのくにおかだごおりはにゅうむら》の農民・与右衛門《よえもん》の一人娘・菊《きく》に、与右衛門の先妻・累《かさね》の死霊《しりょう》が取《と》り憑《つ》いた事件は、人々の注目を浴び、世間はこの話題でもちきりになった。この憑依騒動《ひょういそうどう》の背景には、その二十五年前に起きた殺人事件があった。

累という女は醜いうえに意固地《いこじ》な性格だったが、親から譲り受けた農地があったため、貧しかった与右衛門を入《い》り婿《むこ》に迎えて暮らしていた。与右衛門は、隣人の視線や友人たちの態度に、嫌われ者の累の元に婿入りしてきた自分へのさげすみを感じ取り、やがて累を亡きものにして別の女を後妻に迎えようと考えはじめた。

正保《しょうほう》四年八月十一日の夕方のことである。累と与右衛門夫婦は連れだって畑に出かけて、刈豆《かりまめ》を収穫した。その帰りみち、与右衛門は枝ごと刈りとった大豆を累に多めに背負わせた。累は自分の荷物が重すぎると不平をもらしたが、与右衛門は鬼怒川《きぬがわ》まで行ったら交代しようとなだめすかし、そのまま歩かせた。そして、鬼怒川べりに着いたそのとき、与右衛門は累の背後から襲いかかった。重い荷を背負っ

「所のもの見ている」「与右衛門、女房かさねを川へしずめる」

た累を川へ突き落とし、その上から自分も飛び込んで胸を踏みつけ、口に川底の砂を押しこみ、目をつつき首を絞めて殺害した。その後、遺体を同村の法蔵寺《ほうぞうじ》に運び、頓死《とんし》（急死）と偽って埋葬した。法蔵寺の過去帳には「正保四年八月十一日、戒名《かいみょう》妙林信女《みょうりんしんにょ》」と記されている。

なお、この殺害のようすを目撃していた者が複数いたが、醜い累が嫌われていたため、だれも与右衛門の罪を問わなかった。

累《かさね》が怨霊《おんりょう》来《きたつ》て菊《きく》に入替《いりかわ》る事《こと》

夫《それ》より彼《か》の邪見成《じゃけんな》る与右衛門、心にあきはてたる妻《さい》を、思ひのまゝにしめ殺し。本より累が親類兄弟なきものなれば、跡訪《あとと》ふわざもせず、彼《か》れか所帯の田地《でんち》等を、一向《いっこう》に押領《おうりょう》し、扨《さて》女房を持つ事、段々《だんだん》六人也。前《まえ》の五人は何《いず》れも子なくして死せり。第六人目の女房に*1、娘一人出来《いで》き。其名を菊と云。此娘十三の年八月中旬に*2其《その》母も終《つい》に死去せり。さてしも有べきならねば、其歳の暮十二月に、金五郎と云婿《むこ》を取、此きくにあわせて、与右衛門が老のたつきにせんとす。

しかる所に菊が十四の春、子《ね》の正月四日より、例《れい》ならず煩《わずら》ひ付く。其さま常《つね》ならぬきしよく*3なるが、果《はた》して其正月廿三日にいたつて、たちまち床にたふれ口より泡をふき、両眼に泪《なみだ》をながしあらくるしやたえがたや、是たすけよ誰《たれ》はなきかと、泣さけび苦痛逼迫《ひっぱく》して既に絶入《たえ》ぬ。時に父も夫も肝《きも》を冷しおどろき騒ひで、菊よ〱と呼返《よびかえ》すに、やゝ

*1 **第六人目の女房**　与右衛門の六人目の後妻で菊の母。浅野祥子氏の論文（前掲）によれば「キヨ」という名前だったらしい。

*2 **此娘十三の年八月中旬に**　菊が数えで十三歳になった年の八月中旬に。

*3 **きしよく**　気色。

ありて、息出で眼《まなこ》をいからし、与右衛門をはたとにらみ、詞《ことば》をいらで、云やう、おのれ我に近付け。かみころさんぞといへり。父がいわく汝《なんじ》菊は狂乱するやと。娘のいわく我は菊にあらず。汝《なんじ》が妻《つま》の累《かさね》なり。廿六年以前絹川にてよくも〳〵、我に重荷《おもに》をかけむたひに責殺しけるぞや。其時やがてとりころさんと思ひしかども、我さへ昼夜《ちゅうや》地獄の呵責《かしゃく》に逢《あい》て隙《ひま》なきゆへに、直《じき》に来《きた》る事かなわず。然共《しかれども》我が怨念の報《むく》ふ所、果して汝がかわゆしと思ふ妻《つま》、六人をとりころす。その上我数〳〵の妄念《もうねん》虫と成て*4、年来《としころ》汝が耕作の実《み》をはむゆへに、他人の田畑《でんばく》よりも不作する事今思ひ知るや否や。我今地獄の中にして、少《すこし》の隙《ひま》をうるゆへに、直《じき》に来て菊がからだに入替り、最後の苦患《ぐけん》をあらはし*5、まづかくのごとく、おのれを絹川にてせめころさん物をといゝ、すでにつかみつかんとする時、父も夫も大きにおどろき、跡をもかへり見ず与右衛門は法蔵寺《ほうぞうじ》へ逃行《にげゆけ》ば、甥《むこ》は親の本《もと》に走り帰り、ふるひわなゝひてかくれ居たり。其時しも隣家の若き男共、二十三夜待《にじゅうさんやまち》*6と称し、一所《いっしょ》にあまた集り居けるが。此あらましを伝へ聞き、さもあれ不思議

＊4　妄念虫と成て　「妄念」は怨念のこと。御霊（怨霊）の怨念が害虫となって農作物を食い荒らす伝説としては、実盛虫が有名。

＊5　最後の苦患をあらはし　非業の死を遂げた者の亡霊がおどろおどろしい姿で描かれるのは、死に際の苦しみや死後、地獄での責苦を表現するためである。ここでは累が菊の身体を責めさいなんでそれを表現している。

＊6　二十三夜待　三日、十三日、十七日、二十三日に月の出を待って拝む民間信仰があり、月待ちと言った。そのうち二十三日の月を待つのが二十三夜待。実態は月待ちを口実とした親睦会。

なる事かな、いざ行《ゆ》ひて直に見んとて、彼方此方《かなたこなた》もよほすほどこそあれ、村中の若者共、悉《ことごと》く与右衛門が所に集り、かの女子《にょし》を守り見けるに、その苦みのありさま、いか成《なる》衆合叫喚《しゅごうきょうかん》*7の罪人も是にはまさらじと、苦痛転倒《てんどう》して。絶入《たえいる》事度々《たびたび》也。其時村人菊よ〱とよばわれは、しばらく有ていふやう、何事をのたまふぞや人々、我はきくにてはなし与右衛門がいにしへの妻に累《かさね》と申《もうす》女なり。我姿の見にくき事をきらひて、情なくも此絹川へ押《おし》ひてくびりころせし、其怨念をはらさんために来《きた》れり。今与右衛門法蔵寺《ほうぞうじ》に隠れ居《お》るぞ。急ひで彼をよびよせ、我に逢《あわ》せて此事を決断《けつだん》*8し、各々《おのおの》因果《いんが》の理《ことわり》を信じ、わが流転《るてん》のくるしみを、たすけてたべ。あらくるしやうらめしやといふ時、村人の中に心さかしきもの有ていふやう。今の詞《ことば》の次第、中〱《なかなか》菊が心より出たる言葉にはあらず。いか様怨念霊鬼《れいき》の所以《しょい》と聞《きこ》えたり。所詮《しょせん》彼が望にまかせて、与右衛門を引あわせ、事の実否《じっぷ》をたゞさんとて、法蔵寺に行きひそかに与右衛門をよび出し、かくと告《つぐ》ればかの男ちんじて*9云やう、それは中〱跡かたもなき、虚言《そらごと》なり。此娘狂乱せるか、将又《はたまた》

＊7　衆合叫喚　浄土仏教の説く地獄のうち、衆合地獄と叫喚地獄を合わせて、地獄の有様を指す表現。

＊8　決断　裁判のこと。

＊9　ちんじて　陳じて。与右衛門は、娘は錯乱しているので取り合わないでくれと弁解につとめた。

狐狸《きつねたぬき》の付そひて、あらぬ事を申すと聞へたり。よし其侭《まま》にて捨置《すておき》給へと、色〱辞退するを、やう〱にこしらへ連《つれ》帰り。菊にあわすれば、累が存生《ぞんしょう》の詞つかひにて上件《かみくだん》のあらまし一々滞《とどこお》らず云時、与右衛門そらうそふひて、かゝる狂人《きょうじん》おのれが病にほうけ。ゆくゑもなきそらごとをつくり出て、父に恥辱をあたへんとす。ひらに人々その侭《まま》捨置たまひ、皆々帰らせられよといへば、かさねがいわく、やれ与右衛門其方は此人々の中にはその時の有様を、具《つぶさ》に知るものなしと思ふて、かくあらそふかや。おろかなり。此村にも我が最後の様子をほゞしれる人一両人も有ぞとよ。又隣村には、慥《たしか》に見とめたる仁《じん》。一人今に存命せられしものをと云時、村人問ていわく、それはたれ人そやと。累がいわく法恩寺村《ほうおんじむら》*10の清右衛門こそ、正《まさ》しく此事を見られたりといへば、さしも横道《おうどう》なる与右衛門も、既に証人を出されて、あらそふに所なく、泪《なみだ》をなかし手を合せ。ひらにわび居たるばかり也。

其時村の人々、扨《さて》いかゝせんと評議しけるが詮《せん》ずる所此かさねか怨みは、非道《ひどう》に彼を殺害《せつがい》しわづかも其跡をとふ事なく、剰《あまつ》さへかさねが

＊10 法恩寺村　村名の「法恩寺」とは、報恩寺のことと思われる。羽生村の隣村、下総国岡田郡報恩寺村。報恩寺は親鸞の高弟性信房によって開かれた浄土真宗の寺院で、坂東報恩寺（真宗大谷派）として有名。慶長七年（一六〇二）江戸に移転して、現在は東京都台東区東上野にある。創建の地には文化三年に本堂が再建され、報恩寺として常総市豊岡町に現存。

田畑の所徳《しょとく》にて恣《ほしいまま》に妻《さい》をもふけ、一人ならす二人ならずこりもやらで六人までつまをかさねし悪人なれば、其科《とが》人はとがめざれとも、業《ごう》の熟《じゅく》する所ありて、みつから是を顕《あらわ》せり。不便《ふびん》なる事なれば、与右衛門に発心《ほっしん》させ、かさねがぼだいをとわせんには如《しか》じとて、頓《やが》て剃髪《ていはつ》の身[*11]となれ共、道心いまだ発《おこ》らざれば、功徳《くどく》のしるべもなきやらん、菊が苦痛はやまざりき。

＊11　剃髪の身　『古今犬著聞集』では出家後の与右衛門は「西入」と名乗り、延宝四年（一六七六）に没したという。

「与右衛門むすめきくニかさねがおんりゃうとりつきなやまする」
近隣の住民が集まり菊を見舞っている

「金五郎にげてゆく」

累《かさね》の怨霊《おんりょう》が菊《きく》と入《い》れ替《か》わる――――【累《かさね》が怨霊《おんりょう》来《きた》って菊《きく》に入替《いりかわ》る事《こと》】大意

目を覚ました菊は、菊ではなかった。

菊‐累「私は菊じゃない……。お前に殺された女房の累だよ」

累《かさね》を殺害した与右衛門は妻の所有していた田畑を残らず横領《おうりょう》して、後妻を次々に六人も迎えたが、いずれも早死にし、五人目までは子どもには恵まれなかった。六人目の妻とのあいだにようやく娘が生まれ、菊と名づけられた。十三年後の寛文《かんぶん》十一（一六七一）年の八月中旬、菊の母が死去した。その年の暮れに、金五郎《きんごろう》という男を菊の婿《むこ》に迎えて、娘夫婦に家を継がせ与右衛門の老後の世話をさせることになった。

翌年、寛文十二年の正月四日頃から菊は病気がちになり、同月二十三日、突然床に倒れ、口から泡を噴《ふ》き、涙を流しながら「苦しい、誰か助けて」と泣き叫んで気絶した。父（与右衛門）と夫（金五郎）が驚いて介抱《かいほう》し、「菊よ、菊よ」と呼びかけたところ、しばらくして息を吹き返すや、与右衛門をにらみつけ、「こっちへ来い、かみ殺してやる」と声を荒げた。与右衛門が「菊よ、気でも狂ったか」と言うと、「私は菊ではない、お前の妻、累である」と宣言して、与右衛門の罪を責めて怨《うら》みを述べた。

「鬼怒川《きぬがわ》で、よくもよくも私に重荷を背負わせ、無残《むざん》に責《せ》め殺したな。ただちに取り殺そうと思ったが、地獄の刑罰があったため、すぐに来ることがかなわなかった。けれども、日頃の怨みによって、はたしてお前の後妻を六人まで取り殺した。そのうえ我《わ》が怨念《おんねん》が多くの虫に姿を変えて、お前の耕した田畑の実を食い荒らしたため、他の人の田畑より不作となったこと、今こそ私の仕業《しわざ》と思い知れ。このたび地獄より少しの猶予《ゆうよ》を与えられたので、ただちにこの世へ来て菊の身体に乗り移った。私がそうされたように、おのれを鬼怒川で責め殺してやろうぞ」

驚いた与右衛門と金五郎はその場から逃げ出し、与右衛門は法蔵寺へ、金五郎は実家に身を隠した。

やがて、二十三夜待ちと称して集まっていた村の青年たちが騒ぎを聞きつけ、「それは不思議なことだ、見に行こう」とあちらこちらに声をかけたので、村中の若者が与右衛門宅に集まった。菊は、集まった村人たちに「私は菊ではない、与右衛門のかつての妻、累という女だ」と名乗り、与右衛門が自分の醜さを嫌って殺したこと、彼はいま法蔵寺に隠れていること、与右衛門を呼び寄せて、事件を裁き、自分の怨みを晴《は》らしてほしいことを告げた。

いあわせた村人たちは、ともかく彼女の望みどおりにしようと、法蔵寺へ行き与右衛門に真偽《しんぎ》を問いただした。与右衛門は、なんの証拠もないことで、菊が狂乱《きょうらん》したかまたは狐狸《こり》妖怪《ようかい》が取《と》り憑《つ》いてあらぬことを口走っているのだからそのまま放っておいてくれ、と言い逃れしたが、村人たちはなだめすかして与右衛門宅に連れ帰り、菊に会わせた。菊は、累の生前の言葉遣いで事件の経緯をつぶさに物語ったが、与右衛門は取り合わず、人々に向かい「どうかこのまま放っておいてください」と空とぼけて見せ

羽生村付近の鬼怒川（撮影＝編集部、2011 年春）

た。しかし、（菊に憑依した）累は、そんな与右衛門に事件の目撃者がいることを突きつけた。「与右衛門、お前は誰も知らないと思って開き直るつもりか。おろかな男よ。この村にも私の最期をほぼ知る人が二人もいるぞ。隣村には、確かに見ていた人が一人、今も達者でいる」。村人たちにそれは誰かと問われると、生き証人として、法恩寺《ほうおんじ》村の清右衛門《せいえもん》を名指しした。証人を出されては与右衛門も争うすべもなく、涙を流し手を合わせて詫び入った。

村人たちは善後策《ぜんごさく》を話し合い、この怨霊の出現は、自身を殺害しいささかもその後を弔《とむら》うこともなく、田畑を横領し、その財産で後妻を迎えた悪行（の告発）のためだから、こうなったら与右衛門を出家させ、累の菩提《ぼだい》を弔うようにさせるほかないだろうということになった。さっそく与右衛門の髪の毛を剃《そ》り落としたが、信仰心がなかったためか、菊の苦痛は止まなかった。

羽生村《はにゅうむら》名主《なぬし》年寄《としより》累《かさね》が霊《りょう》に対《たい》し問答《もんどう》の事《こと》

爰《ここ》に当村《とうむら》の名主*1三郎左衛門同年寄《としより》*2庄右衛門といふ二人の者年来《としごろ》内外《ないげ》の典《でん》*3に心を寄《よせ》、いとさかしきものども成が、ある日のことなるに、打寄《うちより》ものかたりするやうは、今度かさねが怨霊《おんりょう》顕われ、与右衛門が恥辱は、その身の業《ごう》。菊が苦痛のふびん成に、いざとも〳〵わひことし怨霊すかしなだめんとて。名主年寄を始《はじめ》として、少々《しょうしょう》村中の男共、与右衛門が家にあつまりけり。先《まず》名主泡吹《あわふき》出し苦痛てんどうせるきくに向《むかい》て問ていわく、汝《なんじ》累がうらみはひとへに与右衛門にあるべし。何故《ゆえ》ぞかくのごとく横さまに菊をせむるや。其時きくがくるしみたちまち止《や》んで、起きなをり答へていわくおゝせのごとく我与右衛門にとり付即時《そくじ》にせめころさんはいとやすけれ共、かれをばさて置、きくをなやますは色々の子細《しさい》有。其故はまづさし当て与右衛門に、切《せつ》成《なる》かなしみをかけ、其上一生のちじよくをあたへ、是を以て我が怨念

＊1 名主 名主（地方によっては庄屋ともいう）は村の行政責任者で、通常、代官によって村の有力者のなかから任命される。世襲されることも多い。

＊2 年寄 農村の行政職（村役人）の呼称。「年寄」とはこの場合、高齢者のことではなく、名主を補佐する役職（組頭とも）のことを言う。名主と年寄に、監査役の百姓代（百姓総代とも）をあわせて村方三役と呼ぶこともある。庄右衛門は、名主三郎左衛門とともに、この聞書前半の主要な人物。

＊3 内外の典 この場合の「内外」とは、仏教から見て内か外か、ということ。内典は仏教の経典、外典は仏教以外のすべての学問の総称だが、四書五経など主に儒学

を少しはらし、又各々に菊が苦痛を見せて、あわれみの心をおこさせ、わらわがぼだいを訪《とわ》れんため。次に邪見《じゃけん》成もの共の、長き見ごりにせんと思ひ、菊にとり付事かくのことしといへば、名主また問ていわく実《げ》に尤《もっとも》なり。しかるに汝が此間のもの語《がたり》を聞ば、地獄におちて昼夜呵責《かしゃく》にあいしといふ。既に地獄の劫数《こっしゅ》久しき事は、娑婆《しゃば》の千万歳《せんまんねん》に尽べからす。何の暇《いとま》ありてか纔《わずか》に廿六年目に、奈落《ならく》を出て爰《ここ》に来るや。怨霊答ていわく、さればとよ我いまだ地獄の業《ごう》、悉《ことごと》く尽《つき》すといへども、少の隙《ひま》をうかゝひ菊に取付は別なる子細《しさい》あり。をの〳〵が了簡《りょうけん》にあたはすといふ時、年寄庄右衛門問ていわく、さては汝に尋ぬる事有り。惣じて一切善悪の衆生《しゅじょう》皆死に帰す尓者《しからば》善人は来て、善所《ぜんしょ》を語り、六親朋友《ろくしんほうゆう》を勧誡《かんかい》し、悪人は来て、悪所《あくしょ》を知らせて其身の苦患《くげん》を脱《のが》れん事を願ふべし。何故ぞ死者《しするもの》尤《もっと》も多きに、来る人甚《はなは》だまれなるや。又いかなれば汝一人爰《ここ》に来て、今のことはりを述《のぶ》るぞや。怨霊答《おんりょうこたえ》ていわく、能《よく》こそ問《とわ》れたれ此事を、それ善人悪人怨讐執対《おんしゅうしったい》＊4有て、死する者多しといへ共、来て告《つぐ》る人少き事は是皆過去善悪の業決定《ごうけつじょう》して、

の経典を指すことが多い。

＊4　執対　おそらく「執着」のこと。南宋の宗暁が編纂した『樂邦文類』巻第二（『大正新脩大蔵経　諸宗部47』大蔵出版所収）に収められた遵式「往生西方略傳序」に「六者先所作罪皆悉消滅。所殺冤命。彼蒙解脱。更無執對。」（六には先に作る所の罪は皆悉く消滅し、殺す所の冤命は解脱を蒙り、更に執対する無し）とある。『樂邦文類』は一二〇〇年に南宋で成立してからいち早く日本に輸入され仏教僧たちに広く読まれた（例えば親鸞『教行信証』に引用されている）が、「執対」という語が学僧ではない菊や累の語彙にあったとは考えがたく、この問答に残寿の脚色が多いことを示している。

任運《にんうん》に未来報応の果《か》を感じ極《きわ》むる故爰に来る事能《あた》わざる歟《か》。あるひは宿世《しゅくせ》におゐてこゝに帰り告げんと思ふ、深き願ひのなきゆへか。又は最後の一念に、つよく執心《しゅうしん》をとめざるにもやあらん。他人の事はしばらくおく。我は最後の怨念に依《よっ》て来りたりといへば、名主年寄をはじめ村人何《いかに》も尤と感じ、さては怨霊退散の祈祷《きとう》を頼《たの》まんとて、当村の祈念者《きねんしゃ》*5を呼《よび》よせ、仁王法花心経《にんおうほっけしんぎょう》*6なんど読誦《どくじゅ》する時、怨霊がいわくやみなんく〱よむべからず。*7縦《たと》ひ幾反功《いくへんこう》を積共《つむとも》、我に縁なしうかぶべからす。只念仏をとなへて、与《あた》へたまへとあれば、其時名主問ていわく、誦経《じゅきょう》と念仏と、何のかわり有てかくはいふぞと。怨霊答ていわく、されば念仏六字の内には一切経巻《いっさいきょうかん》の功徳《くどく》を含める故に、万機得《ばんきとく》脱《だつ》の利益《りやく》有と。名主又問ていわく、尓者《しからば》汝すでに無上《むじょう》大利、名号《みょうごう》の功徳を能《よく》知れり。何《なん》ぞみづから是をとなへて抜苦受楽《ばっくじゅらく》せざるやと。怨霊答ていわく、おろかなりとよ名主殿、罪人みづから念仏せば、地獄の劇苦《ぎゃくく》を身にうけて、劫数《こっしゅ》をふるばかもの一人もあらんや。尓《しか》るに堕《だ》獄《ごく》の衆生《しゅじょう》もさかんにして、受苦の劫《こう》も久しき事は、あるひは念仏の

*5 **祈念者**　祈祷師のこと。江戸時代には僧侶や神官、修験道の行者、陰陽師らが祈祷師として活動した。ここで登場する祈念者もそうした人たちの一人だったと思われる。

*6 **仁王法花心経**　「仁王般若波羅蜜経」、「妙法蓮華経」、「般若心経」のこと。天台宗など密教系の宗派では、仁王経と法華経に、金光明最勝王経を加えて護国三部経といい、災難除去、国家安泰に効果があるとされた。また、般若心経も悪霊退散の効果があると信じられていた。

*7 **やみなんく〱よむべからず**　「法華経」方便品にある「止みなん止みなん説くべからず（止止不須説）」のパロディ。怨霊退散を祈念するため「法華経」を読み上げる祈祷者に対し、累は「法華経」の言葉を引いてからかっている。「累の怨霊」の言葉の背景には仏教の知識が見て取れる。

利益《りやく》を自能《みずからよく》しるといへ共悪業《あくごう》のくるをしに引《ひか》れて、是を唱ふる事かなわず。あるひは生々《しょうじょう》にかつて*8、縁なきゆへに、是を聞かずしらざるたぐひのみ多し。我すでに念仏の利益《りやく》をよくしるといへ共、ざいしやうのおゝふ所、みづから称《とな》ふる事かなわず。猶《なお》此ことばの疑がわしくは、各々《おのおの》自分をかへり見て、能々得心《よくよくとくしん》したまへかし。されば此比《このごろ》は念仏の勧化《かんげ》広くして、浄土のめでたき事をうらやみ地獄のすさまじさをよくおそるゝといへ共、つとめやすき、極楽往生《ごくらくおうじょう》の念仏をば、けだいして。殺生偸盗邪淫《せっしょうちゅうとうじゃいん》等の地獄の業とさへいへば、身のつかるゝをも覚《おぼ》へず、ゆんでをおそれめ手をはゞかり*9、心をつくしてこれをはげむに。あるひは親兄弟の異見《いけん》をも用《もち》ひす、あるひは他人の見てあざけるをもかへり見ず、ないし罪業《ざいごう》のかず〳〵増上《ぞうじょう》して、終《つい》にそのあらため所へ引出《ひきいだ》され、科《とが》の軽重明白《きょうじゅうめいはく》に決断《けつだん》せられて、只今斬罪《ざんざい》はつつけの場へ引居《ひきすえ》られても尚《なお》念仏する事かなわざる、地獄の衆生の因果のほど、能々《よくよく》わきまへたまひて、あわれみてたべ人々よと、其身《そのみ》もなみだをうかべながら、いとねんころにぞ答へける。其時名主をはじめ

＊8　あるひは生々にかつて　仏教では衆生（命あるもの）は無数の前世を輪廻転生してきたと想定しているので「生々」とは単なる生前のことではなく、何度も生まれ変わったのに仏の教えに縁がなく念仏の利益を知らない者が多い、ということ。

＊9　ゆんでをおそれめ手をはゞかり　弓手（左）も馬手（右）も顧みずまっしぐらに悪の道をひた走る様子。

集り居《い》たる者共《ものとも》、異口同音《いくどうおん》に感じあひ、みな〱袖をぬらしけり。

さて名主がいふやう、尓《しか》らば念仏を興行《こうぎょう》して汝が菩提《ぼだい》を弔《とぶら》ふべし。怨《うらみ》をのこさす、菊が苦患《くげん》をやめよといへば、怨霊がいわく、我だに成仏せば、何の遺恨《いこん》かさらに残らん。只急《いそ》ひで念仏を興行したまへとある故に、村人すなはち惣談し正月廿六日の晩ぼたい所法蔵寺を請対《しょうだい》し、らうそく一挺《いっちょう》のたつを限りに。[*10] 念仏を勤行《ごんぎょう》するゐからうの時にいたつて。累が怨霊たちまちさり。本の菊と成ければ。法蔵寺をはじめ。名主年寄も安堵《あんど》して。其上に村中《むらじゅう》のこゝろざしをあつめ。一飯《いっぱん》の斎《とき》を行ひ皆々信心歓喜《みなみなしんじんかんき》して各々我が屋に帰れば菊が気色《きしょく》はやう〱本ぶくす。

＊10 らうそく一挺のたつを限りに　「一挺切」ともいって、ろうそくを一本だけともして、それが消えるまで読経・念仏すること。または、その行事。特に茨城県地方で行なわれる。

羽生村《はにゅうむら》の名主《なぬし》と年寄《としより》が累《かさね》の霊《れい》と問答《もんどう》する

【羽生村名主年寄累が霊に対し問答の事《はにゅうむらなぬしとしよりかさねりょうたいもんどうこと》】大意

騒動をおさめるために村役人たちが累と対話する。

累「他人様のことはさておき、私は最期の怨念によってここに帰ってきた」

累が菊に憑依《ひょうい》した騒動は、村役人へも報《し》らされた。名主《なぬし》の三郎左衛門《さぶろうざえもん》、年寄《としより》の庄右衛門《しょうえもん》は善後策を協議した。「累の怨霊が現れ与右衛門の旧悪を暴露したそうです」、「与右衛門が恥をかくのは自業自得というもの」、「だが、菊が苦しむのは可愛そうじゃありませんか。なんとか怨霊をなだめましょう」。こうして村役人達は与右衛門宅に出向いた。

口から泡《あわ》を噴《ふ》いてのたうちまわっている菊に、名主・三郎左衛門はこう語りかけた。

「累よ、怨む相手は与右衛門一人だろう。どうして菊を苦しめるのか」

そのとたん、菊の苦しみはたちまちおさまり、起きあがって答えた。

菊（累）「おっしゃるとおり、私が与右衛門に取りついて責め殺すのはたやすいことですが、菊を悩ませるのには理由があります。まず、愛娘《まなむすめ》の苦しみを見せることで与右衛門を悲しませ、恥をかかせて私の怨念を少し晴らすため。また、みなさんに菊の苦痛を見せて、あわれみの心を起こさせ、私の菩提《ぼだい》を弔《とむら》わせるため。次に、悪党どもの見せしめにしようと思い、こうしているのです」

名主「なるほど、実にもっともな話です。ところで、地獄にいたそうだが、地獄の刑期というのはこの世の何千年、何万年とも比較できないほど長いと聞く。どうやって二十六年目の今、地獄を抜け出したのですか」

累「それには特別の事情がありましてね。あなた方には理解できないことです」

年寄・庄右衛門「善人も悪人もすべての人はみな必ず死ぬ。死んだ人は多いのに、この世に還《かえ》って来る人が稀《まれ》なのはなぜなのだろうか？　また、どういうわけでお前一人が来て、今言ったような理《ことわり》を述べるのか？」

累「よくぞ尋ねられました。善人も悪人も、恩もあれば怨みもあり、それぞれに執着があります。死んだ人は多いとはいえ、（この世に還って）来て（あの世のことを）告げることができないのは、みな過去の善悪の業《ごう》によって決まっていることですから、来ることができない。あるいは、（死に際して）この世においてここに帰って知らせようと思う深い願いのないためか、または最期《さいご》の一念に強く執心《しゅうしん》しなかったためでしょう。他人のことはさておき、私は最期の怨念によって来たのです」

この答えに、三郎左衛門たちは納得して、それでは怨念退散《おんねんたいさん》の祈祷《きとう》を頼んでみようということになり、羽生村の祈念者《きねんしゃ》（祈祷師《きとうし》）を呼んだ。祈祷師は「仁王経《にんおうきょう》」、「法華経《ほけきょう》」、「心経《しんぎょう》」などの経典を読誦《どくじゅ》したが、累は動じないどころか、経典の文句を逆手にとって村役人たちの試みをからかいながら、読経《どきょう》よりも念仏《ねんぶつ》を称《とな》えてくれと要求する。
名主「読経と念仏ではどう違うのか」
累「念仏（南無阿弥陀仏）の六字の内には、一切経《いっさいきょう》の功徳《くどく》が含まれるゆえに、得脱《とくだつ》の利益《りやく》があります」
名主「（そのように）既《すで》に無上の功徳を知っているのならば、どうして自ら念仏を称えて苦しみを逃れないのですか」
累「おろかだねえ、名主殿、罪人《ざいにん》が自ら念仏を称えれば救われるのであれば、地獄に堕《お》ちて幾万年《いくまんねん》も苦しみ続ける馬鹿者はおりますまい。私が既に念仏の御利益《ごりやく》をよく知っていても、罪障《ざいしょう》のために自ら称えることができません」
名主「それならば念仏（講・会）を興行《こうぎょう》して、お前の菩提を弔いましょう。（この世に）恨みを残さず菊の苦痛を止めてやってください」
累「私さえ成仏すれば、どうして遺恨《いこん》を残しましょう、ただ急いで念仏を興行してください」
こうした問答の挙《あ》げ句《く》、名主らは念仏による供養を累に約束し、累もそれを受け入れる。
一月二十六日の夜、法蔵寺の住職を招いて念仏供養を勤行《ごんぎょう》した結果、累の怨霊は菊の身体から離れ、菊が正気に返ったので、村人たちは安心して、皆我が家に帰っていった。

菊本服《きくほんぷく》して冥途《めいど》物語《ものがたり》の事《こと》

今度ふしぎ成事ありて、与右衛門が娘《むすめ》のきく、かさねと云《いう》もの、亡魂《ぼうこん》にさそはれ、地獄極楽《じごくごくらく》見しなど云《いう》に、いざ行《ゆ》ひて聞べしと、村中の男女あつまり、いろ〳〵の物語する中に、先《まず》ある人問《とい》ていわく、菊よ此比《このごろ》かさねにさそわれて、何国《いづく》にか行きし。又其《またその》かさねといふもの、姿は、いかやうにか有しといへば、菊答《こたえ》ていわく、されば累と云女は、まづいろ黒くかた目くされ、鼻はひらげ、口のはゞ大きに、すべて顔の内にはもがさのあと、所せきまでひきつり、手もかゞまり、あしもかたみぢかにして世《よ》にたくひなくおそろしき老婆《ろうば》成しが、折々夢現《ゆめうつつ》に来《きた》り、我をさそひ行《ゆか》んとせしか共、あまりおそろしくて、いろ〳〵わびことし居《い》たる所に、有時《あるとき》又来《きたっ》て是非をいわせず、終《つい》に我身をひぢさけはしり行《ゆき》しが、刀《かたな》の葉《は》の木かやのしけりたる山のふもとに我を捨《すて》ておき、其身はいづ地ともなくきへうせぬといへば、又有人問ていわく、それは正《まさ》しく剣山《けんざん》ぢごく[*1]とやらんにてあるべし。いかなる人やのぼりつらんといへば、菊こたへていわくさればとよ、おとこ女はいかほど丶いふ数《かず》かぎりなき其中に、たま〱法師なども、うちまじりて見ゆめるが、ある女のうつくしく、やさしげなるかほつきし、色よき小そでをうちはをり、少し谷尾《たにお》をへだてたる向《むか》ひのかたの山ぞわにて、うちわさしかざし、ゑもしれぬ事をいふてまねく時、老《おい》たる若《わか》きおのこどもあるひは法師まじりに、心もうか〱しく、そらになりて、我さきにはしり行き、彼《か》の女に近付《ちかづか》んとあらそひ行《ゆく》に、林《はやし》の切《きり》かぶさながらつるぎにて足をつんざき、あるひはゆん手め手の、木《き》かやの葉にさわれば、はだへをやぶり、し丶むらをけづる。また空よりは風のそよふくに、剣の木《こ》の葉《は》はたへずおちか丶つて、首《こうべ》をくだきなづきをとをすゆへ、五体より血を流《なが》す事。いづみのわき出るごとく、道《みち》も木草《きくさ》血《ち》しほにそみ、谷の流れもそのま丶あかねをひたせるに同じ。かくからくしてやう〱行付と見れば、あらぬ野山の刀の木《き》の梢《こずえ》にうそぶき、さきのごとく、人をまねきたぶらかす。かやうに男は女にば

＊1　**剣山ぢごく**　ここで菊の語る地獄の様子は、源信『往生要集』の衆合地獄の描写とほぼ一致している。「またふたたび獄卒、地獄の人を取りて刀葉の林に置く。かの樹の頭を見れば、好き端正厳飾の婦女あり。かくの如く見已りて、即ちかの樹に上るに、樹の葉、刀の如くその身の肉を割き、次いでその筋を割く。かくの如く一切の処を剪り割いて、已に樹に上ることを得已りて、かの婦女を見れば、また地にあり。欲の媚びたる眼を以て、上に罪人を看て、かくの如きの言を作す、「汝を念ふ因縁もて、我、この処に到れり。汝、いま何が故ぞ、来りて我に近づかざる。なんぞ我を抱かざる」と。罪人見已りて、欲心熾盛にして、次第にまた下るに、刀葉上に向きて利きこと剃刀の如し。前の如く遍く一切の身分を割く。」源信著・石田瑞麿訳注『往生要集（上）』岩波文庫、二一〇から二一一頁。

かされ、おふなはおのこにたぼらかされてたがひに身を刃《やいば》にかけ、かばねに血をそゝぐを見れば、かはゆくもあり又おかしくも有しといへば、又問ていわくさて其剣刃《そのつるぎやいば》は、汝が身にはたゝざるや。其外《そのほか》には何事か有へしといへば、菊こたへていわくさればにや彼《かの》つるぎ、我身にかつてあたらず。しげれる中をわけて行くに、道の木かやも外になびき空よりふる刃《やいば》も、我が身にはかゝらず。すべていかなる故やらん。おそろしき事少《すこし》もなかりき。さて其山を過《すぎ》て、びやう〳〵たる野原《のばら》を行けば、向に当《あたっ》てけつから成《なる》門がまへの屋《いえ》あり。番衆《ばんしゅ》とおほしき人よき衣装《いしょう》にて、あまた居られしに近付き、事のやうをたづねければ爰《ここ》は極楽の東門《とうもん》と仰《おお》せられし、ゆかしさのまゝさしのぞきながめやれば、内より僧の有が出て我が手を取て引入れ、所《ところ》〳〵をことわけていゝきかせ給ひしが中々結構《けっこう》に奇麗《きれい》なる事かたらんとするに言葉《ことば》をしらず。先地《まずち》には白かねこがねなどの沙《すな》いさごを敷《しき》みて、所《ところ》〳〵には、いろ〳〵にひかる玉などにて、垣をしわたし、さて其間々《あいあい》に、さま〳〵のうへ木草花《くさはな》、うねなみよくうへそろへ、花も有実《ありこのみ》も有青葉《ありあおば》も有紅葉《ありもみじ》もあり。つぎほにつぎ穂《ほ》をかさね、ゑもいわぬ香《にお》ひかうばしき樹《うえき》どもいくらと云数《いうすう》かぎりなし。さて其次《そのつぎ》には、たからの玉にて堤《つつみ》を築《きずい》たる池の中に、蓮《はす》の花の色よく赤く白く青く黄色に、*2まん〳〵と咲《さ》きみだれたる花のうへに、はだへもすきとをりたる人のあそびたわむれ居《い》られしなと、面白《おもしろ》くうら山《やま》しく、我ももろ共にあそびたくこそ思ひけめ。さて其次には、大き成屋《なるいえ》の内に入て見れば、弘経寺《ぐきょうじ》*3の仏殿《ぶつてん》などよりも中〳〵すぐれたるかまへにて黄《き》げさ黄衣をめされたる御僧達の、いくらともなく並居《なみい》たまへるに、とり〳〵に名もしらぬかざり物共をならべたて、或《あるい》は仏事作善《ぶつじさぜん》などやうの所もあり、あるひはだんぎ法会《ほうえ》のていに見へたる所もあり、あるひは世にとうとげなる僧達のおゝく集《あつま》り居《い》て、何《なに》とも物をいわでもく〳〵として居られし座敷も有。あるひはかね太鼓笛尺八《たいこふえしゃくはち》や、其外いろ〳〵の鳴物《なりもの》共、拍子をそろへて舞《ま》ひあそばるゝ座敷も有。此外いく間も有しかども爰《ここ》にてたとふる物なきゆへに、つぶさには語られず。さてまた空よりいろ〳〵の花ふるゆへに、是はと思ひ見あけたれば塔《とう》とやらん殿《でん》とやらん、光りかゝやく屋作り

＊2　蓮の花の色よく赤く白く青く黄色に　「種々の宝花は池の中に弥く覆ふ。青蓮には青き光あり、黄蓮には黄なる光あり、赤蓮・白蓮にもおのおのその光ありて、微風吹き来れば、華の光、乱れ転く。」源信『往生要集（上）』一〇〇頁。菊の語る極楽の情景は、自分も一緒に遊びたかったという感慨と、建物の立派さを述べるために弘経寺が引き合いに出されるところをのぞけば、やはり『往生要集』に記された極楽浄土のステレオタイプを語っている。

＊3　弘経寺　浄土宗寺院、寿亀山天樹院弘経寺（通称・飯沼弘経寺）のこと、常総市豊岡町に現存（豊岡町は羽生町に隣接した地域）。現在は本堂を中心にいくつかの建物が残っているだけだが、かつての弘経寺は徳川将軍家ゆかりの寺として、また、関東十八檀林の一つとして、広大な敷地に多数の堂宇が建ち並んでいた。おそ

の、雲のごとくに立並《たちなら》ぶ。其間々のきれとには、いろどりなせるかけ橋を。かなたこなたへ引はへて、其上をわたる人々の、かず〱袖をつらねつゝ、行通ふ有様。あぶなげもなきていたらく、月日よりもあきらかに、つらなるほしのごとくにて、かきりなき空の気色《けしき》。何《なに》とも〱詞《ことば》にはのべられず。かやうにいつとなくこゝかしこを、見めぐれとも夜昼昏暁《よるひるよいあかつき》の差別《しゃべつ》もなく雨風雷電《あめかぜらいでん》のさたもせず、惣して何に付てもせわ〱しき事なく世にたぐひなきゆたか成所にて、有しかとぞかたりける。

又問ていわく其極楽にては、何をかてにはしけるぞやと。きくこたへていわく樹《うえき》に成たるだんす＊4のやう成ものを、あたへられしまゝ、たべたりと。又問ていわくその味《あじわい》はいか様にか有しと。きく答ていわく、爰《ここ》にてくらはぬ物なれば何ともことばには語られぬが、今に其気味《きみ》は口のうちにのこりたり誠《まこと》にたくさんに有しものを、いくらもひろひ来《き》てたれ〱にも一ッあて成共とらせんものをとわきまへもなくかたりけり。＊5

らく菊が知る最も大きな建造物。

＊4　だんす　団子のことか。近世の東北地方の方言として団子を「だんす」と表記した例がある。

＊5　わきまへもなくかたりけり　極楽の人は楽しげでうらやましい、自分もいっしょに遊びたかった、極楽の木の実はたくさんあったから拾ってきてみんなにあげればよかったと語る菊はまだ幼さの残る娘である。そんな菊が地獄極楽を語る上で経典のような表現を持ちあわせているわけがなく、身近なものにたとえてたどたどしく話す様子を、（経典を）わきまえずに語ったと評しているのである。このことは、菊の言葉と経典の記述との一致は、仏教の知識のあった村人や、その証言を書きとめた残寿の「翻訳」であることを示してもいる。

其中にさかしきものの有ていふやうは誠にごくらくの事は、阿弥陀《あみだ》如来因位《にょらいいんい》のむかし、大慈大悲の真実智恵《しんじつちえ》より、無量清浄《むりょうしょうじょう》不思議の境《きょう》を巧《たく》み顕《あらわ》せる御事なれば、いかで汝がかたりもつくさん。さて此方へは何《なに》として帰りけるぞと問ければ、菊答へていわく、去《され》ば先《さき》の一人の御僧《そう》、我に仰《おお》せらるゝは、汝はいまだ爰《ここ》へ来るものにはあらねども、異成故《ことなるゆえ》有てかりに此所へきたれり。今よりしやばに帰りなば、名を妙槃《みょうはん》と付《つ》ひて魚鳥《うおとり》を喰《くら》はで、よく念仏申しかさねてこゝに来《こ》よ。此外あまたおもしろき所どもを見せなんぞ。かまへて本の在所《ざいしょ》に行き、こゝの事めたと人にかたるなとてじゆず一れんと銭百文*6とをくれられ。門の外《そと》へおくり出されし時、かさね此度《こたび》は引《ひき》かへ、うつくしき姿となり色よき小袖《こそで》をきて、われに向ひ、かす〳〵に礼をのべて云やうわらわがかほどの位《くらい》に成事*7、ひとへに汝がとくによれり。今は汝を本の在所《ざいしょ》へ帰すなり。是よりさきは地獄海道《じごくかいどう》にして、世《よ》におそろしき道すがらぞ。かまへてわきひらを見るな。物をいふ事なかれ。そこを過《すぐ》れば、白き道*8有。それまでは我おくるぞとて、あたりを見れば類《たぐ》ひなくけつ

＊6　じゆず一れんと銭百文　極楽の僧が菊に数珠を与えるエピソードは、『古今犬著聞集』「幽霊成仏の事」では、祐天が累の霊を往生させた後に語られている。

＊7　かほどの位に成事　累は菊に、私がこれほどの位になったのもお前のおかげだと礼を述べている。この位とは、「観無量寿経」で衆生の素質を下品下生から上品上生に至る九つの位階に分け、それを九品と言うのでそのことを指すか。

＊8　白き道　おそらく「二河白道」を意識した表現。浄土仏教を確立した中国の僧・善導の用いた比喩で、娑婆（現世）と極楽浄土を結ぶ道のこと。

から成装束《なるしょうぞく》したる人、六人有が、御経《おきょう》かたひらをうりて居《い》られしを一衣《え》かいとり、是をかさねが我身に打はをり、そのわきに我をかいこみ、かならず目をふさぎ、いきをもあらくなせそといふて、足《あし》ばやに過る時わらわが思ふやう、いか成事やらん見てまし物をとそでの内よりかいまみてければ、さても〳〵すさましや、有所《あるところ》には人をたはらに入れ、よくくびり置き、つらばかりを出させ、はゞひろくさきとかりもろはのついたる、柄《え》のながき刀にて、つぶ〳〵とつらぬけば、血けふりたつとひとしく、わつとなきさけぶ声、耳の底に通りて、今に其声あるやうにおぼへたり。又有所には、人をあまたくろがねの臼《うす》に入れて、*9 かみひけもそらさまにはへのぼり、牛のつらのごとく成ものどもが、大勢あつまりくろがねのきねにて、ゑい声出してつきはたけば、多くのからだ、手足五体もみぢんに成麦粉《なりむぎこ》のごとくに成《なる》を、くろかねの箕《み》にうつし、何か一口ものをいふて簸《ひ》つれば、そくじに本の人となり、泪《なみだ》をながして居るも有。又有所を見れば、大き成池の中に、くろがねの湯の、くら〳〵とわきかへりたる両方の山の岩のはなに、縄を

＊9 人をあまたくろがねの臼に入れて 罪人を臼に入れて杵でつく光景も、やはり『往生要集』の衆合地獄の項で描かれている(「或は鉄の臼に入れ鉄の杵を以て擣く」前掲書、二〇頁)。

引渡し、人のせなかにすりぬか俵《たわら》ほど成石をせおわせ、其外つゞら椀《わん》櫃《ひつ》ふくろ荷桶《におけ》の類《たぐ》ひまで、つむりにさゝへかたにかけさせ彼の縄のうへを、いくらも〳〵追わたせば、よろめきながらやう〳〵中ば過るまで、渡るかとみればぼたり〳〵と、池の中におつるとひとしく、白くされたるかうべ、つがひばなれたる、しら骨ばかりわきかへり汀《みぎわ》によるをまたおそろしきもの共が、鉄《てつ》のぼうを以て彼ほね共をかきあつめ、何とかいふて一うちうてばそのまゝもとの姿となり、なきさけんで居るも有。その外いろ〳〵の責《せめ》ともを見侍《はべ》りしが、思ひいづるも心うく、かたれば胸もふさがりて、さのみはことばに述られず。

されども世にも希有《けう》ときせめの、かず〳〵多き其中にをかしくもあり、又いとおしくもありしは、ある僧*10の左右の足にかねのくさりをからげつけ、門ばしらのかさ木に引はたけてつなぎ置き、さかさまにぶらめかし、彼わきかへるねつ鉄を、柄のながき口のあるひしやくにて、後門《こうもん》よりつきこめば、腹の中に煮《に》へとをりて、へそのまわりむね喉目《のど》口鼻耳、てへんより、くろがねの湯の、にり〳〵とわき出る時彼僧声《かのそうこえ》

＊10 ある僧の　『往生要集』には衆合地獄での刑罰の一つとして次のような記述がある。「頭面を下に在き、熱き銅の汁を盛りて、その糞門に灌ぎ、その身の内に入れて、その熟蔵・大小の腸を焼く。次第に焼き已れば、下にありて出づ。」前掲書一三頁。

をあけて、あらあつやたへがたやかゝる事の有べしと、かねて仏のときおかれしを知ながら、つくりし罪のくやしさよ〳〵と、さけぶ声とひとしく、くされごものおつるやうに、ほね〴〵ふし〴〵つぎめ〳〵皆はなれて、めそ〳〵と地《ぢ》におちつき、なをもへあがる有様、いとふしかりし事共なりと、泪《なみだ》くみてぞかたりける。聞居たるものともも倶《とも》に涙《なみだ》をながしけり。

さて地獄海道《じごくかいどう》を悉《ことごと》く行過《ゆきす》ぎ、約束のごとく白き道に出たる時かさね我を脇よりかい出し、是より一人《ひとり》ゆけといゝてうせけるが、いつしかわれは爰にふせり居たるに、人々大勢あつまり、念仏廻向《えこう》したまひて、やれ怨霊《おんりょう》はさりたるぞとて、たちさわがれし時成とぞ。思ひ出し〳〵来《く》る日も来《く》る夜も寄合《よりあい》て、只此事のみにて有しか、いとめつらしき事共也。

さても此度《このたび》菊が地獄極楽の物がたり、*11かれこれをといきわめらるれば、あるひは浄土の依正二報《えしょうにほう》、五妙境界《ごみょうきょうがい》の快楽等《けらくとう》、*12あるひは地獄の器界有情《きかいうじょう》、三悪火坑《さんあくかこう》の苦患等《くげんとう》、*13其名をしらず、その事をわきまへず

＊11　さても此度菊が地獄極楽の物がたり　ここで、菊の地獄極楽物語と浄土宗の教義との比較をしているのは、これまで記録者の役割に徹してきたこの『聞書』の筆者・残寿である。

＊12　浄土の依正二報、五妙境界の快楽等　「依正二報」とは阿弥陀仏の姿と極楽浄土の有様。「五妙境界の快楽」とは、『往生要集』に「四十八願もて浄土を荘厳したまへば、一切の万物、美を窮め妙を極めたり。見る所、悉くこれ浄妙の色にして、聞く所、解脱の声ならざることなし。香・味・触の境も亦かくの如し。」（『往生要集』上・九八頁）とあるように、極楽では五感にふれるものすべてが美しいこと。

＊13　地獄の器界有情、三悪火坑の苦患等　「器界」は環境、「有情」は意識あるもの、主に人間。「三悪」とは地獄道、餓鬼道、畜生道の三つの世界で、そこでの苦しみを火

といへども、あるひはなれし村里《むらさと》の器《うつわ》によそへ、あるひは近き寺院《じいん》の厳《かざり》にたぐゑて、しどろもとろにかたりしをつたへ聞ば皆経論《きょうろん》の実説《じっせつ》に契《かな》ゑり*14とぞ。誠成《まことなる》かないんぐわ必然の理《ことわ》り恐《おそ》るべし信すべし仏種《ぶっしゅ》は縁より生《しょう》ずとあれば、此聞書《ききがき》あわれ廃悪修善《はいあくしゅぜん》のいんゑん共ならんかしと沙門受苦《しゃもんじゅく》の所*15に至ては、恵心先徳往生要集《えしんせんどくおうじょうようしゅう》の意《こころ》を少々書加《かきくわ》へて*16、筆者某甲残寿罪障懺悔《ざいしょうさんげ》のため彼《か》の菊が見し所の僧の呵責《かしゃく》に因《ちな》んで野僧《やそう》*17が身に取て、破戒無慚《はかいむざん》、不浄説法《ふじょうせっぽう》、虚受信施放逸邪見《こじゅしんせほういつじゃけん》*18の当果をのぶるゆへ恐々名を記《しる》すものなり。仰願《あおぎねがわく》は此ものがたり一覧の人々、彼堕獄《かのだごく》の僧の業因《ごういん》いかにとならば、全く是他の事にあらず、筆者《ひっしゃ》が罪科成《ざいかなり》と見取《けんしゅ》したまひて性具《しょうぐ》大悲の方便法施《ほうべんほっせ》*19必ずあいまつものなり。

の燃えさかる穴（火坑）にたとえた。

＊14　経論の実説に契ゑり　菊は地獄極楽の光景を、経典の言葉通りではなく身近なものにたとえてしどろもどろに語ったのだが、それを経典や論書の説く内容に一致しているというのは、もちろん菊の物語を聞いた村人や残寿がそのように解釈し再構成したからである。

＊15　沙門受苦の所　「沙門」は僧侶のこと。菊が語った地獄の最後の光景のことだろうと思われる。

＊16　恵心先徳往生要集の意を少々書き加へて　恵心は『往生要集』の著者、天台宗僧・源信（九四二-一〇一七）のこと、恵心僧都とも呼ばれた。「先徳」は先輩の僧のことを敬って言う言葉。この『聞書』が単なる記録ではなく、筆者・残寿の信仰から発した意図が加筆されてあることを、残寿自ら述べ

「かさねがおんりやう」「きくぢこくごくらくのものがたり」
菊、地獄極楽の話をする

ている。

＊17　野僧　拙僧に同じ。僧侶が自らを謙遜して言う一人称。

＊18　破戒無慚、不浄説法、虚受信施、放逸邪見　いずれも僧侶としてあるまじき落ち度。

＊19　性具大悲の方便法施　仏・菩薩の救いの手立て。

【菊本服《きくほんぷく》して冥途物語《めいどものがたり》の事《こと》】大意

回復《かいふく》した菊《きく》があの世《よ》について語《かた》る

累に連れて行かれた地獄と極楽のようすを菊が語る。

菊「極楽の人は楽しげでうらやましく、私もいっしょに遊びたかった」

累の霊が去って正気に返った菊のもとに、累に連れて行かれた地獄極楽の話を聞こうと、村中の人々が集まった。

まずある人が尋ねた。「累に誘われて、どんな国に行ったのか、また累はどんな姿をしていたか」

菊「累という女は色黒で、片目は腐り、鼻はつぶれ、口の幅は大きく、顔には瘡《かさ》の痕《あと》がひきつり、手も曲がり、片足が短く、見たこともないような恐ろしい婆さんでした。これまでも折々に夢枕に立って、私を連れてゆこうとしたけれど、あまりに恐ろしいので、あれこれと断りを言ったのですが、ある時また来て、有無を言わせずに私を引っさげて走り出し、刀の刃の茂った山に私を置きざりにして、自分は何処ともなく消え失せました」

ある人「それはまさしく剣山《けんざん》地獄に違いない。どんな人が登っていた？」

菊「数え切れないほどの男女に、ときどき坊さんも混じっていました。美しく優しげな顔つきの、きれいな色の小袖を羽織った女が、谷を隔てた向こうの山のがけで扇をかざして何か言って招くと、若い男女はわれさきにと争って走り出します。木の剣で足を割き、肌を傷つけ、空からも剣の木の葉が絶えず降りかかるので血の流れること泉のようです。男は女に欺かれ、女は男に誑《たぶら》かされ、互いに体を刃にかけ、屍《かばね》に血を注ぐような有様を見ました。けれども、その剣は私の身にはあたりませんでした。

その山を過ぎて広々とした野原を行くと立派な門構えの屋敷がありました。番人衆らしき人に尋ねると、ここは極楽の東門だとのこと。好奇心からのぞき見れば、中からお坊さんが出てきて私の手を取って導き入れ、いろいろと説明してくださいました。その立派なこと、綺麗なこと語る言葉がありません。地面には白銀の砂、垣は光る玉、その間にいろいろな草花、香り高い木々が数限りなく植えられていました。池のなかには色とりどりの蓮の花が咲き乱れ、透き通るような白い肌の人が遊び戯れていて、その様子が面白く、うらやましく、私もいっしょに遊びたかった。さて、一方を見れば、弘経寺より立派な仏殿があって、黄色の袈裟を召されたお坊様たちが、何人も並んでおられて、名も知れぬ飾り物を並べ、談義法会《だんぎほうえ》のようにも見えました。または、鉦《しょう》太鼓笛尺八、いろいろな鳴り物の拍子をそろえて舞い遊びする座敷もあり、空から色々の花が降ってきたので、見上げれば塔だか御殿だかが雲のごとくに立ち並び、架け橋を渡る人々が行き交う有様は、なんとも言葉では述べられません」

ある人「その極楽では、何を食べ物にしていたか」

菊「樹になっていた団子のようなものを与えられたので、食べました。こちらでは食べたことのないものですから、何とも言葉では語られません。今もその味が口の中に残っています。たくさんあったからみんなにも持ってきてあげればよかった」

このとき、一座のなかに賢い者がいて、言った。「まことに極楽のことは、阿弥陀如来《あみだにょらい》がその昔、大慈大悲《だいじだいひ》の知恵により、無量清浄《むりょうしょうじょう》不思議の境地を顕《あらわ》したことだから、どれほどお前が語ろうとも話は尽きないだろう。それよりも、こちらへはどうやって帰ってきたのか」

菊「先ほどの仏殿にいたお坊様が私に仰るには、『お前は未だ此処へ来る者ではなかったのだが、事情があって此処へ来た、今からすぐに娑婆《しゃば》に帰り、名前（法名）を妙槃《みょうはん》とつけ、肉食を断ち、よく念仏を申して、また此処に来なさい。今日見たほかにもあまたの面白いところを見せてあげよう。此処のことをうかつに語るな』と、数珠《じゅず》と銭百文をくださり、門の外に送りだされました。

門の外には累が待っていたのですが、打って変わって美しい姿となり、きれいな小袖を着て、私に向かい何度も礼を述べてこう言いました。『あたしがこれほどの位になったのも、ひとえにお前の徳のおかげ。今からお前をもといたところに帰すよ。これより先は地獄海道で、世にも恐ろしいところだ。道すがらあたりを見るな、物を言うな。そこを過ぎれば白き道がある、それまでは私が送ろう』。そうして累は経帷子《きょうかたびら》を羽織り、脇に抱きかかえた私に『目をふさぎ、息をひそめていなさい』と言いつけて足早に歩き出しました」

けれども、菊は好奇心から地獄の様子をこっそりのぞいていた。とりわけ興味深かった光景として、「ある僧の左右の足に鎖をからげて、門柱に逆さまに吊し、わきかえる鉄を柄杓《ひしゃく》で肛門に注ぎ込めば、腹の中が煮えて、へそ、胸、喉、目、口、鼻、耳、頭頂から鉄の湯が流れ出す。その時、かの僧は『ああ、熱い、堪えがたい。こういうことになるはずだと、かねて仏の説かれていたことを知りながら、罪を作ってしまったことが悔しい』と叫び声をあげるや、体中の関節がばらばらに分解して地面に散り、燃え上がる有様は、いたわしいことだった」と涙ぐみながら語った。

こうして地獄海道を通り抜け、白い道まで出たところで、累は「ここからは一人で行きなさい」と言って消え失せた。気がつくと菊は自宅に寝ていて、人々が大勢集まり、念仏を称え、「怨霊が去った」と騒いでいるところだった。

菊の地獄極楽の物語は、表現こそ正確とは言えないけれども、おおむね経典に説かれたところと一致しており、仏の教えが真実であった証拠である。この「聞書」は、読者をして悪を廃し善を修めるきっかけになるだろう。僧侶が責め苦を受けるくだりでは、源信『往生要集』の趣旨を少々書き加えて、筆者である残寿《ざんじゅ》が、かの菊が見た僧の呵責《かしゃく》にちなみ、拙僧《せっそう》の身にとって、破戒《はかい》して恥じず、名誉心から説法し、我欲から信者の布施を受け取り、邪《よこしま》な見解に身をゆだねたことの懺悔のつもりで、恐れながらここに自らの名を記す。願わくは、この物語の読者の皆さんには、かの地獄に堕ちた僧の罪とは何だったのかといえば、それはこの筆者の罪そのものだとご理解いただきたい。

累《かさね》が霊魂再来《れいこんさいらい》して菊《きく》に取付事《とりつくこと》

此比《このころ》累が怨霊あらはれ、因果《いんが》の理《ことわ》りを示し、与右衛門か恥辱ならびに村中のさわぎなりし所に、ほどなく他力本願《たりきほんがん》の称名《しょうみょう》ゑかう*1によつて亡魂《ぼうこん》すみやかにさり人々安堵《あんど》の思ひをなすのみぎり又明《あく》る二月廿六日の早朝より、彼霊《かのりょう》来《きたっ》て菊に取付《とりつき》、責《せめ》る事前のごとし。

時に父も夫も大きにさわぎ、早々《そうそう》名主《なぬし》年寄《としより》にかくと告れは、両人おどろきすなはち彼が家に来て三郎左衛門問ていわく。汝かさねが怨霊なるが、すでに其方《そのほう》が望《のぞみ》にまかせ菩提所の住持《じゅうじ》を請《しょう》し、其外《そのほか》地下《じげ》中《じゅう》打寄《うちより》念仏をつとめ其上《そのうえ》惣村《そうむら》のあわれみを以て五銭三銭の志《こころざし》をあわせ、一飯の斎《とき》を僧《そう》に施《ほどこ》し、重苦抜済頓証菩提《じゅうくばっさいとんじょうぼだい》のゑかうすでに卒《おわっ》て、聖霊《せいりょう》得脱《とくだつ》するゆへに菊まさに本復《ほんぷく》せり。今何の子細《しさい》有てか妙林《みょうりん》*2爰《ここ》に来《きた》らんや。恐らくは累が霊魂《れいこん》にあらじ、狐狸《きつねたぬき》の所以《しょい》成るべしとあら、かにいへば、菊が苦痛《くつう》たちまち止むで、起直《おきなお》りいふやう、いかに名主

＊1　ゑかう　回向のこと。

＊2　妙林　累の法名、妙林信女。名主は、累の霊は念仏の功徳で往生したはずだとして、妙林と戒名を授けられた者（本物の累）であれば、再び現世に来るはずもなく、いま菊に取り憑いているのは狐狸妖怪の類だろう、と決めつける。

との此間の念仏興行斎《とき》の善根《ぜんこん》、村中《むらじゅう》の志、慥《たしか》に請取《うけとり》悦《よろこ》び入て候。去《さり》ながら、仏果はいまた成《じょう》さず。その上一つの望有て来る事かくのごとしといへば、

年寄問ていわく。汝実《まこと》のかさねならば、心をしづめて能《よく》聞け。夫《それ》本願の称名《しょうみょう》は、一念十念の功徳によつて、いかなる三従五障《さんじゅうごしょう》*3の女人も、すみやかに成仏し、其外八逆謗法無間堕獄《はちぎゃくざんぼうむけんだごく》の衆生《しゅじょう》も、必ず往生すと、智者学匠達《ちしゃがくしょうたち》の勧化《かんげ》にもたしかに聞伝《ききつた》へたり。しかるに先日一挺《いっちょう》ぎりの念仏は、村中挙《こぞっ》て異口同音《いくどうおん》に称名する事、幾千万といふその数を知らす。併《しかしながら》*4是汝がためにゐかうす。此上に何の不足有てかふたゝび来て菊をなやまさん。但し一つの願《ねが》ひ有て来れりといふ。既《すで》に成仏得脱の所におゐて、娑婆《しゃば》の願ひ有べしとも覚《おぼえ》す。能々此《よくよくこの》理《ことわ》りをわきまへて、すみやかに去れといへば、

かさねこたへていわく庄右衛門殿今の教化《きょうけ》、近比《ちかごろ》うけたまはり事甘心《かんしん》せられ候。去ながら、先日きくにもことわるごとく、我地獄のくるしみを脱《のが》れ、位をすこしのぼる事、各々念仏の徳《とく》によるゆへなり。

＊3 三従五障　「三従」とは女性は幼くしては親に従い、嫁しては夫に従い、老いては子に従えという儒教由来の女性観。「五障」とは、女性は梵天王、帝釈天、魔王、転輪聖王、仏になることができない、という仏教由来の女性観。いずれも女性の可能性を制限する固定観念で、近代以前の仏教界では両者をあわせて「三従五障」（五障三従とも）としたが、浄土仏教では、阿弥陀如来の本願によれば女性も極楽往生し、その後、仏になりうると説いた。

＊4 併　そっくりそのまま、の意。

しかれども成仏のいまだしき事は、よく案じても見たまへよ目連《もくれん》の神足那律《しんそくなりつ》の道眼《どうげん》。*5 其外六通無碍《ろくつうむげ》の聖者達《しょうじゃたち》、直《じか》に来《きた》り直に見てすくひたまふすら、まぬかれがたきは堕獄《だごく》の罪人《ざいにん》なり。しかる所に念仏の功徳は能々甚深微妙《よくよくじんしんびみょう》なればこそ各々ごとき三毒具足《さんどくぐそく》の凡夫達《ぼんぷたち》の廻向心によつて、我既に地獄の責を脱《のが》れ、少し位をすゝむ事を得たりき。さて又望みといふは別義《べちぎ》にあらず、我がためにせきぶつ一体建立《こんりゅう》して得させたま［へ］*6 といへば、

名主がいわく、流転《るてん》をいとひ出離《しゅつり》を願ふて、念仏を乞《こい》もとむるは其《その》道理至極《どうりしごく》せり。今石仏の望みいさゝか以て心得られず。但し念仏の功徳より石仏の利益《りやく》すぐれたるゆへに、かくは願ふかとたつぬれば、かさねがいわくおろかにもとわせ給《たも》ふものかな。縦《たと》ひ百千の起立塔像《きりゅうとうぞう》も、もし功徳の浅深《せんじん》を論せば、何ぞ一念の称名に及ばんや。しかるに今石仏を乞もとむるにはいろ〳〵の子細有。先一つには村中の人々昼夜《ちゅうや》を分《わか》たず、我を介抱し、其上大念仏《そのうえだいねんぶつ》を興行して我に与へたまふ報恩《ほうおん》のため。二には往来遠近《おうらいえんきん》の道俗当村《どうぞくとうむら》に来《きた》り、彼《か》の石仏を拝見して、因果の

***5　目連の神足那律の道眼**　目連は目犍連（モッガラーナ）、那律は阿那律（アヌルッダ）のこと。いずれも釈迦の十大弟子に数えられ、目犍連は神通第一、阿那律は天眼第一として知られる。仏教では、いわゆる神通力は、天眼通、天耳通、他心通、宿命通、神足通、漏尽通の六種類あると考えられており、あわせて六神通（六通）と言う。このうち、目犍連は神足通、阿那律は天眼通に秀でていたと伝えられている。

***6**　底本とした板本には「へ」の字はないが補った。

道理を信し、称名懺悔《さんげ》せば、是すなわち永き結縁利益《けちえんりやく》と思ふ。三にはか丶る衆善《しゅぜん》の因縁により、広く念仏の功徳を受て、すみやかに成仏得脱せん事をねかふゆへにふた丶び爰《ここ》に来れりといへば、

名主又問ていわく、後《のち》の二義はさもあらんか。初《はじめ》の一義につゐて、大きにふしんあり凡《およ》そ恩を報ずといふは、親の恩国主の恩、主の恩、衆生《しゅじょう》の恩是《これ》皆報《ほう》すべき重恩《じゅうおん》なり。*7 しかるに汝来《きたり》てきくを責《せむ》れば、親の与右衛門 甚《はなはだもって》 以めいわくす。さてこそきくは大不孝《だいふこう》ものよ是はこれ汝が与ふる不孝なれば親の報恩にそむけり。次に国主の恩にそむく事は、一夫《いっぷ》 耕《たがやさ》 ざれば其国飢《き》を受《う》け、一婦《いっぷ》織《おら》ざれば其国寒《かん》を受《うく》る。されば民《たみ》一人にても飢寒《きかん》の憂《うれい》を蒙《こうむ》る事、尤国主のいたむ所也。しかるに汝菊をなやますゆへに、村中の男女、紡績《ぼうせき》《うみつむぐ》のいとなみをわすれ。稼殖《かしょく》《うえかる》のはたらきをと丶めて、昼夜此事《このこと》に隙《ひま》をついやす。豈是《あにこれ》飢寒のもとひにあらずや。さあらは国主の恩にそむかん事必《ひっ》せり。又衆生の恩にそむく事は、汝来て菊を責《せむ》る故に、我々既に苦労す。かくのごとく、他人に苦をかくるを以て、衆生恩を報すとせんや。上《か》み件《くだん》の三恩正《さんおんまさ》にそ

*7 **重恩なり** 名主が言うように恩を四種に分類するのを仏教では四恩説と呼ぶ。岡部和雄「四恩説の成立」（仏教思想研究会編『仏教思想4恩』平楽寺書店）によれば、何を四つの恩とするかは依拠する経典によって異なる。『正法念処経』では、母、父、如来、説法法師の恩を挙げるが、日本で広まったのは『心地観経』に由来する父母、衆生、国王、三宝（仏・法・僧）の恩である。ただし『聞書』の名主は、親、国主、主、衆生の恩の四つを挙げており、『正法念処経』にも『心地観経』にもない「主の恩」が出てくる。この「主」は後で「主人あらば不忠ならん」と言われていることから雇い主のことと考えられ、名主が仏教の四恩説に儒教道徳を加えて言った可能性もある。

むけり。汝若《もし》主人あらば不忠ならん事疑ひなし。さては何を以てか、報恩のしるべとせん。此道理を聞分《ききわけ》あらぬ願ひをふりすて、只一筋《ひとすじ》に極楽へ参《まい》らんと思ひ、すみやかに爰《ここ》をはなれよとぞ教へける。

かさねにつこと打わらひて云様は、誠にそなたは他在所《たざいしょ》の人なれども、おさなきより器用《きよう》なる仁《ひと》*8と聞及び、しうとめ御せんのこい婿《むこ》になり、当村の名主をもたる、甲斐《かい》ありて、只今一々の御教化《きょうけ》、実《まこと》に以て聞事《ききこと》なり。去ながら其道理の趣《おもむ》く所、たゞ当前《とうぜん》の小利《しょうり》をとつて幽遠広博《ゆうおんこうばく》なる、深妙功徳《じんみょうくどく》の大報恩をかつて以てわきまへたまわず。我が報恩の所存《しょぞん》をよく〱聞せられて、早々《そうそう》石仏を建て、其上に念仏供養をとげられ、我に手向《たむけ》たまへ。其故は若《もし》此石仏じやうじゆして我ねがひのかなふならは、菊は亡母《もうぼ》に孝をたて、其縁にもよほされ、与右衛門が後世《ごせ》をもたすくならば、これ真実《しんじつ》の報恩なるべし。扨当村《さてとうむら》の人々此しるしを見るごとに、我事を思ひ出し、一返《へん》の念仏をも、となへたまふものならは、みづから大利を得たまふべし。その上此石仏のあらんかぎりは、当村の子々孫々是ぞ因果をあらはす証拠よと見る時

*8 **器用なる仁** 利口な人のこと。

は、与右衛門ごときのあく人も、一念其心を改め、善心におもむかば、一念発起菩提心勝於造立百千塔《いちねんほっきぼだいしんしょうおぞうりゅうひゃくせんとう》*9 豈是天下《あにこれてんか》の重宝《ちょうほう》ならずや。しからば国主の大報恩、是に過たる事あらし。さはいへどかゝる広大無辺《こうだいむへん》なる、仏法《ぶっぽう》の深意《じんい》は、各々《おのおの》ことき の小智小見《しょうちしょうけん》にては、聞《きい》ても中々其理《ことわり》を信《しん》する事あたわじ。さあらはたち帰て当前《とうぜん》の利を見よ。すでに此かさね親のゆづりを得て、持来る田畑《でんばく》七石目《こくめ》あり。此たはたは村中一番の上田《じょうでん》*10なりし所に、与右衛門一念のあく心によつて、われを害《がい》せし故、先度も云ことく廿六年以来《このかた》不作していま朝夕を送るにまづしく、余寒《よかん》甚しき春の空に只一人あるむすめのわづらふにすら、くされかたびら一重《ひとえ》のていたらく。是見たまへ一念の悪心にて、ながく飢寒《きかん》のうれひをかふむるにあらずや。さて又菊に不孝の罪をあたふると云事、是猶《なお》与右衛門が自業自得のむくひなれば、あながち菊が不孝にあらず。そのうへ与右衛門が当来《とうらい》のおもき業《ごう》を、今此現世《げんぜ》に苦をうけて、少もつくなふものならば、転重軽受《てんじゅうきょうじゅ》*11のいわれゆへ、菊はかへつて親の苦をすくふ孝々《こうこう》の子なるべし。又各々《おのおの》も子孫のためとおぼしめさば、

*9 **一念発起菩提心勝於造立百千塔** 悟りたいという願い（菩提心）を起こすことは幾百幾千の仏塔を造ることより勝る功徳がある、という意味。

*10 **此たはたは村中一番の上田** 累の家がもとは裕福な農家であったことをうかがわせる。

*11 **転重軽受** 『涅槃経』に拠る言葉。法然『御法語』には「佛ノ御力ハ、念佛ヲ信ズル者ヲバ、転重軽受トイヒテ、宿業限アリテ、オモク、ウクベキ、ヤマヒヲ、カロク、ウケサセ給フ。」とある。現世での苦しみは来世で受けるはずの重い苦しみを軽くして受けているということ。

当分の苦労をかへりみず、はや〱我が願ひにまかせ、石仏をたてゝたび候へといゝけれは、
　庄右衛門がいふやうは、汝がいふところの道理《どうり》、詞《ことば》は至極に聞ゆれ共。願ふ所はかなひがたき望也。凡起立塔像《およそきりゅうとうぞう》の事善《じぜん》を修《しゅ》するには、相応の財産なくては成就せず。与右衛門が家まづしくして少分《しょうぶん》のたくわへなき事は、汝が知て今いふ所也。此上は名主殿の下知《げぢ》を以て、最前のとをり村中のこらず、五銭十銭のさしつらぬき*12をなさるゝとも、人のこゝろざし不同《ふどう》にしてあるひはおしみあるひは腹《はら》だち、あるひはめいわくに思ふものあらば、是清浄《しょうじょう》の善にあらず。しからは汝か遠き慮《おもんはかり》も、おそらくは相違せんか。只おなじくはまづはやく成仏《じょうぶつ》して、一切満足の位を得、思ひのまゝに報恩し心にまかせて人をも導ひけ。自証《じしょう》もいまた埒《らち》あかて、いわれざる報恩化他《けた》の願望《がんもう》、せんなし〱といひければ、
　怨霊こたへていわく、其事よ庄右衛門どの自証《じしょう》とくだつのためにこそ、かゝる化他《けた》の願ひもすれ。且《かつ》又貧者のかなわぬ望とは、心得られ

*12 **さしつらぬき**　ここでは、寄付の意味。

ぬ仰《おおせ》かな。与右衛門こそひんじやなれ。累は正しく七石目の田畑《でんばく》あり。これを代替《しろかえ》、石仏領《りょう》になしてたべといふ時、

庄右衛門息をもつがせず、さてこそよかさねどの、*13 ほうおんしやと*14 くは違ひたり。汝已に地獄をのがれ出て位《くらい》を増進《ぞうしん》する事、ひとへに菊が恩ならすや。しからば菊《きく》をたすけおき、衣食を与へめぐむならば、報恩《ほうおん》ともいゝつべし。その上田畑《でんばく》資財は本より天地の物にして、定《さだま》れる主なし。時にしたがつてかりに名《な》付ける我物なれば、汝が存生《そんじょう》の時は汝が物、今は菊が物なり。しかるにこれを沽却《こきゃく》して汝が用所につかはん事、是に過たる横道《おうどう》なし。かたはらいたき望み事やと、あざわらつてぞ教化《きょうけ》しける。

其時怨霊気色《おんりょうきしょく》かわつて、あゝ六ケ敷《むつかし》のりくつあらそひや。なにともいへ我願《わがねがい》のかなわぬ内は、こらへはせぬぞと云声の下よりも、あわふき出し目を見はり、手あしをもがき、五たいをせめ、悶絶顛倒《もんぜつてんどう》の有さまは、すさまじかりける次第《しだい》なり。

時に名主見るに忍ひず、しはらく〳〵苦痛をやめよ。汝が望にまか

＊13　さてこそよかさねどの　累の「其事よ庄右衛門どの」に応ずるかのように、庄右衛門も累に敬称を付けて呼びかけている。丁々発止のやりとりの様子を表すとともに、問答を続けるうちに、怨霊と話しているという構えがなくなって、旧知の村人同士が「お金は土地を売って作ればいいと思うのだけれど」、「いやいや、娘さんの土地を勝手に処分しちゃダメだよ」と話し合っているようにも読める。

＊14　ほうおんしやとく　報恩謝徳。

せ、石仏をたて、与ふべし。此間三海道《みつかいどう》*15に、石仏の如意輪像《にょいりんぞう》*16、二尺あまりと見えたるが其領《りょう》をたづぬるに、金子弐分《きんすにぶ》*17とかや答へたり。かほどなるにても堪忍《かんにん》するやととひければ、かさねこたへていふやう、大小に望みなし、只はやく立て得させたまへと云時、常使《じょうつかい》*18を呼寄せ、直に累が見る所にて、件《くだん》の石塔をあつらへ卒《おわっ》て、さては汝が望み足《たり》ぬ。すみやかにされといへば、霊魂がいわく石仏は外の望み。我が本意は念仏の功徳をうけて成仏せんと思ふなり。急ぎ念仏を興行し、我を極楽へ送りたまへ。さなくはいづくへも行所《ゆくところ》なしとい、おわつて本《もと》のごとくせめければ、

名主年寄惣談《そうだん》して此上は村中へふれ廻《まわ》し、一夜念仏興行《いちやねんぶつこうぎょう》して、大勢《おおぜい》の男女異口同音《いくどうおん》に、真実にゐかうして、かさねが菩提をとむらはんといふ時、一同に云けるは名主年寄《としより》へ申す。今夜《こよい》村中打寄一夜の大念仏を興行し、かさねに手向《たむ》けたまはゞ、かれが成仏疑ひなし。しかるに彼者《かのもの》廿六年流転して、冥途《めいど》の事をよく知《しっ》つらんなれば、我々が親兄弟の死果生所《しかしょうしょ》をも、たつね聞度《ききたく》侍るとあれば名主聞てよくこそい、

*15 **三海道** 水海道の当て字。

*16 **石仏の如意輪像** 如意輪観音の石像、法蔵寺の累の墓所に現存。

*17 **金子弐分** 一両の半分の金額。慶長一分判を二枚出したのだろう。

*18 **常使** 名主が雇っている使用人。

たれ此事。我等も聞度候へば、今日はもはや日も暮《くれ》ぬ。明日早々寄合《よりあわ》んと各々《おのおの》約諾《やくだく》相究《あいきわめ》、みな我が屋にぞ帰りける。

累《かさね》の霊《れい》が再《ふた》び来《き》て菊《きく》に取《と》り憑《つ》く

【累《かさね》が霊魂《れいこん》再来《さいらい》して菊《きく》に取付事《とりつくこと》】大意

再び菊に憑依《ひょうい》した累の霊に、村役人たちが説得を試みるが……。

累「小難しい理屈なんて知ったことか！」

さて、累の怨霊が菊に取り憑いた事件から約一カ月後の二月二十六日の早朝、再び、菊に累が取り憑いた。与右衛門も金五郎も大騒ぎして、さっそく村役人に訴えたので、名主の三郎左衛門、年寄・庄右衛門らは再び与右衛門宅に集まった。

名主の三郎左衛門は声を荒げて詰問した。

「お前は累の怨霊なのか、そうだとすれば既にその方の望みどおり、念仏を勤め、村中から志《こころざし》を集めて、僧侶に食事を布施《ふせ》し、頓生菩提《とんじょうぼだい》の回向まで終えて、輪廻《りんね》の苦しみから解脱したはずではないか。どうして妙林《みょうりん》（累の戒名）が再びここへ来る理由があろうか。おそらくは累の霊魂ではなく、狐狸《こり》妖怪《ようかい》の仕業《しわざ》だろう」

累「そんなことはありませんよ、名主殿。このあいだの念仏興業、お布施のこと、村中のお志、確かに受け取り、心から喜びました。しかしながら、まだ解脱の境地に至りませんし、ほかに一つお願いがあってまいりました」

年寄・庄右衛門「お前がまことの累ならば、心を鎮めてよく聞け。先日、村中をあげて念仏を称えること、幾千万回か数知れず、これもみなお前のためにしたことだ。それに何の不足があって再び菊を悩ませるのか。それとも、何か願いがあってきたのか、しかし既に成仏すれば、この世でかなえる願いがあるとも思われない。よくよくこのことをわきまえて、速やかに立ち去れ」

累「庄右衛門殿の今のお説教、まことに感心いたします。しかしながら先日菊にも断ったように、私が地獄の苦しみを免れましたことは、みなさんの念仏の徳によるものです。けれども、まだ成仏できていません。このうえは何とぞ私のために石仏一体を建立してくださいませ」

名主「輪廻を厭い、解脱を願って念仏を乞い求めるのは、その道理至極もっともなことだが、いまの石仏の望みはいささか腑に落ちません。それとも、念仏の功徳より石仏の御利益がまさっているから、そのように願うのか」

累「愚かなことをお尋ねなさいますこと。たとえ百千の仏塔仏像《ぶっとうぶつぞう》を建立しても、もし功徳の浅い深いを言えば、それは一念の称名念仏《しょうみょうねんぶつ》に及びません。それでも石仏を乞い求めるにはいろいろとわけがあります。まず一つは、村人たちが自分を介抱し念仏供養をしてくれた恩返し、二つには、羽生村を訪れた人が石仏を見れば信仰心を起こすだろうから、三つには、こうした善業をつめば自分も早く成仏できるだろうから」

累が石仏建立の理由の一つに報恩を挙げたのに対して、三郎左衛門は反論する。

名主「後の二つの理由はなるほどとも思います。だが、最初に挙げた恩返しというのはどういうことか。そもそも恩というものには親の恩、領主の恩、雇用主の恩、すべての人々の恩というものがあります。お前が菊にとり憑いて苦しめるので親の与右衛門は迷惑しており、また村人たちがお前の対応に追われて耕作や紡績の手を止めているのは領主の恩にそむかせていることになり、そもそもわれわれ一同も既に苦労している。これだけ他人に苦労をかけて恩返しとは何のつもりですか。恩返しをするつもりならさっさと極楽往生しなさい」

累はニッコリと笑みを浮かべて切り返す。「まことにそなたは、他村の出身ながら幼き頃より聡明さで知られて姑殿に乞われて入り婿し、当村の名主をつとめているだけのことはあって、立派な議論をなさること」と名主の批判を軽くあしらい、石仏建立は後世の戒めともなるのだから結果として村の公共の福利にかなうと主張する。

次に、年寄の庄右衛門が費用の問題を指摘する。

年寄「お前の言うことはもっともだが、石仏を建立するとなると予算の裏付けがなくてはならない。与右衛門にそんな貯蓄があるわけのないことはお前も知るとおり。そうなると、名主殿に命令を下してもらって村中から費用を徴収することになるが、不意の出費に困る人もいるだろう、それでは村人への報恩にはならないではないか」

累「そうそう、そのことよ庄右衛門どの。与右衛門は貧しいけれども、累には親から相続した七石分の田畑があります。これを売って石仏の代金にあててください」

年寄「そういうと思ったよ、累どの。それでは恩返しにはならん。お前が地獄から抜け出たのは菊のおかげだろう。それなら菊を助けて衣食を与えてこそ恩返し。それに田畑も、お前が生きていた間はお前のものだが、死んだのだから現在の所有権は菊にある。これを売り飛ばしてお前のために使うのは道理が通らぬ。片腹痛い話だ」

「小難しい理屈なんて知ったことか！」

年寄にやり込められた累は逆上し、泡を吹いてのたうちまわった。苦しむ菊の姿を見かねた名主が「まあまあ、あなたの望みどおりにするから、このあいだ水海道で見かけた如意輪観音像、値は二分くらいだったかな、二尺程度の小さいものだけれど、これくらいで我慢してくれますか」、と累をなだめにかかった。累がそれを受け入れたので、名主はその場で石仏を発注した。累はさらに、再度念仏供養を行なうよう要求する。名主と年寄は翌日の夜、村をあげて念仏に参加するよう公示した。居合わせた村人が、累殿に、自分たちの亡き親兄弟があの世でどうしているか聞きたい、と言いだし、名主は、それなら明日は早めに集まろう、と答えて解散した。

羽生村《はにゅうむら》の者《もの》とも親兄弟《おやきょうだい》の後生《ごしょう》をたつぬる事《こと》

去《さる》ほどに二月廿七《二十七》日。ひがんの入《いり》にあたりたる辰《たつ》の上刻《じょうこく》より村中の男女とも、与右衛門が家に充満《じゅうまん》し、四方のかこひを引《ひき》はらひ、見物すもうの場《ば》のごとく、前後左右《ぜんごさゆう》に打《うち》こぞり亡魂《ぼうこん》の生所《しょうじょ》をたづねんと、一々《いちいち》次第《しだい》の問答《もんどう》は、前代未聞《ぜんだいみもん》の珍事《ちんじ》なり。其時名主三郎左衛門すゝみ出て、あわふき居たる菊にむかひ、かさね〱とよばわれば、菊が苦痛たちまちしづまり、起きなをりひざまついてぞ居たりける。

さて名主のいふやうは。今日村中あつまる事別義《べちぎ》にあらず。昨晩《さくばん》やくそくの通り。今夕一夜別事《いちやべちじ》の念仏[*1]を興行し、すみやかに汝をうかべん。しかるに廿六年このかた、当村の男女共、冥途《めいど》におもむくあまたあり。だん〱にたつぬべし。くわしくかたりて聞せよといへば、霊魂答《こたえ》ていわく、地獄道も数おゝく、其外四生《そのほかししょう》の九界無辺《むへん》なれば、趣《おもむ》く衆生もむりやう[*2]なり。何ぞ是をこと〱く存じ申さんや。しかれと

＊1　**別事の念仏**　一定の時間を定めて念仏を称えること。
＊2　**むりやう**　「無量」。

も同国同所のよしみなるか、当村の人々あらまし覚《おぼ》へたり。なを其中《そのなか》に知らぬもあらんかといへば、名主がいわく、本《もと》より知らぬ人は其分《そのぶん》、知りたるばかり答へよ。まづそれがしが、しうとふうふのひとはいかにとたづぬれはかさねこたへていわく、かまへて腹《はら》ばしたゝせたまふな御両人ながらかやう〳〵の科《とが》にて、そこ〳〵の地獄におわすと云。次に年寄問へば此両親もそのとがこのとがゆへかなたこなたの地獄《じごく》と答ふ。

次にとへば是も地獄又とへばそれも地獄とかくのごとく大方地獄々々と答る中に、ある若き男腹《はら》を立ておのれいつわりをたくみ出し、人々の親を、みなぢごくの罪人《ざいにん》といふて、子共のつらをよごす事きくわいなり。よしみな〳〵はともかくもあれ、我が親におゐては、かくれなき善人なり。かならず堕獄《だごく》が定《じょう》ならば、其科《そのとが》を出すへし。証拠《しょうこ》もなきそらごとをいわば、おのれ聖霊《しょうりょう》口ひつさくぞといかりける。かさねがこたへていわく、まづ〳〵しづまりたまへ、さるほどに、今朝《けさ》より腹《はら》ばし立なと理《ことわ》りおく。されば汝が親にかきらず、地獄へおつるほどの者、罪の証拠*3たゞしからぬはなきぞとよ。取分て最前《さいぜん》より、我こたふる所の、罪人達《ざいにんたち》のつみとが、みなこと〴〵く明白《めいはく》に、此座中《このざちゅう》にも知る人有て、互《たがい》にそれぞとうちうなづく。本《もと》より汝が父《ちち》にも、正しき罪の証拠あり。その人この人よく是をしれりとて、とがの品々《しなじな》云あらはす時、さにこそとて引退《ひきしりぞ》くもあり。

惣《そう》じて*4この日累が答《こた》る堕獄の者罪障《ざいしょう》のしな〳〵、其座《そのざ》に有し人を、証人《しょうにん》にとりて、地獄の住所、受苦《じゅく》の数々、あきらかに是を語《かた》るといへども、終日《しゅうじつ》のもんどうなれば、具《つぶさ》に覚へたる人なし。此外少々《しょうしょう》かたり伝《つた》ふる事ありしかども、たゞその中に極善極悪《ごくぜんごくあく》の二人を出して余《よ》はこと〴〵くこれを略す。

　さてある若き者出て問《と》ひける時かさねひしといきつまり、汝が親《おや》は知らずといへば、かのものいと腹《はら》だちて云やう、口おしき事かな。これほど村中の人々、みな〳〵親の生所をとへば、其責《せめ》の有さままで、今見るやうに答ふる所に、我が父一人しらぬ事やはあるべき。いんきよ閑居《かんきょ》の身となりて、久しく地下《ぢげ》へもまじわらず、人かずならでおわ

＊3　罪の証拠　人の親を罪人扱いして証拠はあるのかと詰問された累は、ほらご覧なさい、あの人もこの人も肯いているではありませんか、と、その場にいた人々を証人にして反論する。やがて誰の罪も誰かが知っているような村の人間関係が明るみにされていく。

＊4　惣じて　総じて、と総括しているのは残寿である。累の語る死者たちの生前の罪はすべて生き証人がいて明らかにされたが、問答は朝から夕までに及んだので、残寿が聞き取りをした時点ですべてを詳しく憶えている人はいなかった。そこで、両極端の二例を挙げて他は省略すると断りを入れている。

りしをあなどりかくいふと覚へたり。村中一同《いちどう》のせんさくに、贔屓《ひいき》偏頗《へんぱ》はさせぬぞよ。是非《ぜひ》我が親のぢごくをば、聞ぬかぎりはゆるさぬぞと、まなこにかどをたてひぢをはりてぞいかりける。かさね聞ておかしきもの、いひやふかな。人はみなさだまつて地ごくへばかりゆくものにあらず。いろ〳〵のゆき所あり。汝が父はよそへこそゆきつらめ。地ごくの中には居《お》らぬと云に、かの男いまだ腹をすへかねて、たとへいづくにてもあれかし、かほどおゝき人々の、親の生所をしる中に、それがし一人聞ずしてあるべきか。是非《ぜひ》〳〵かたれとつめかけたり。

其時かさねしばし案《あん》して云やう、汝が父は大かたごくらくに在《お》るべし。其ゆへは其方が親の死《しに》たる年月と、其日限《にちげん》をかんがふるに、今日極楽まいりありといふて地獄中にみち〳〵たる、当村の罪人ども、昼夜《ちゅうや》六度のかしやくを、一日一夜ゆるされたりといふに付き、後にそのもの、事を尋《たず》ぬれば、念仏杢之介《もくのすけ》と聞へて、昼夜わらなわをよりながら、念仏をひやうしとして、年たけゐんきよの身《み》となりては、朝ごとの送り膳《ぜん》*5を、中半《なかば》さき分《わ》けちやわんに入れおき、たくはつの沙門《しゃもん》に

*5 **送り膳** 届けられる一人前の食事。

ほどこすを、久しき行とし、念仏さうぞく*6にておはりたりとぞ聞へける。

さてまた年寄《としより》庄右衛門問ていわく、汝今朝よりこのかた、答る所の罪人《ざいにん》とも、悪の軽重《きょうじゅう》ぢごくの在所、そのせめの品々《しなじな》までかくあきらかにしる事は、こと〴〵く其所へ行《ゆ》き、其人のありさまを直《じき》に見ていへるかと聞きければ、かさねこたへていわく、いなとよさにはあらず。我が住家《すみか》は地ごくの入口、とうくわつ*7といふ所に在し故、堕獄《だごく》の罪人をこと〴〵く見聞するなり。そのゆへはまづはじめてぢごくへおつるものをは、火の車に乗《のせ》て、おつる獄《ごく》の名をかきしるしたる旗をさゝせ、牛頭馬頭《ごずめず》あたりを払《ばら》ひ、高声《こうじょう》によばわり、つれ行《ゆく》おとを聞ばあるひは此罪人何《いか》なる国のなにがしといふもの、かやう〳〵の科により、只今黒縄地獄《こくじょうじごく》、あるひは衆合《しゅごう》地ごく、あるひはせうねつちごくなどゝ、いち〳〵ことわり行《ゆく》ゆへに、すべて八大ぢごく*8へおち来《く》るもの、みな我がとうくわつにて見聞《けんもん》すれども日々夜々《にちにちやや》引もきらずとをる事なれば、百分《ひゃくぶん》が一つも覚《おぼゆ》る事あたはず。しかれども同じ里に住《すみ》し、なじみにて有やらん、当村《とうむら》の罪人、大かたは覚へたり。又かしやくのしな〳〵

＊6　念仏さうぞく　念仏相続は、念仏を伝えることから転じて次世代に念仏を伝えること。李之介が念仏相続にて終わったというのは、念仏を称えながら臨終を迎えたという意味。

＊7　とうくわつ　等活地獄のこと。八大地獄の一つ。生き物を殺した者が堕ちる地獄。罪人は獄卒によって打ち砕かれ切り刻まれるが、「等活（等しく活きよ）」という声がすると甦り、また同じ罰を受ける。

＊8　八大ぢごく　八大地獄。『往生要集』には「地獄もまた分ちて八となす。一には等活、二には黒縄、三には衆合、四には叫喚、五には大叫喚、六には焦熱、七には大焦熱、八には無間なり」とある。前掲書、一二頁。

は、互《たがい》にうさをかたりあひ、或はあぼうらせつども、人をさいなむことばのはしにて、おのづから聞しりたりといふ時、

またあるものとふていわく、我が父《ちち》は十六年以前何月何日《なんがついくか》に死せしと、いゝもきらせずそれは無間《むけん》*9とこたへたり。問者《とうもの》せきめんして、汝《なんじ》我かおやの人にすぐれて何たる罪《つみ》のあれば、むげんとは告るぞ。あまりに口の聞すぎてそさうなるいゝ事や。とがの次第を一々《いちいち》にかたれきかんとのゝしりけり。

かさねこたへていふやう、さればとよ。此事は汝がおやのさんげめつざい、むけんの苦《く》をかろめんため、此とがつぶさにかたるべし。聞伝《ききつた》ふる人々は、一反《いっぺん》の念仏をも、かならずゑからうしたまふべしと懇《ねんごろ》にことはり、さる比《ころ》此弘経寺《ぐきょうじ》に、利山和尚《りざんおしょう》*10と聞《きこ》へし能化《のうけ》*11、御住職《じゅうしょく》の時代に残雪《ざんせつ》と申所化《もうすしょけ》*12、相馬村《そうまむら》*13にてたくはつし、九月下旬の比《ころ》をひ、安居《あんご》の領《りょう》*14を背負《せおう》て、弘経寺さして帰《かえ》らるゝを汝が親みすまして、さゝはらよりはしりいで、かの僧物《そうもつ》をはぎとれば、やう〳〵ころも一ゑにて、ふるひ〳〵逃《にげ》られしをたれ〳〵がみたるぞや。此一

*9 **無間**　無間地獄のこと。阿鼻地獄とも言う。五逆罪を犯した者が墜ちる。五逆罪とは、母を殺す、父を殺す、阿羅漢を殺す、仏身を傷つける、教団の和を乱すの五つ。釈尊と対立して教団の分裂をはかったダイバダッタの故事から生まれた罪悪観で、仏教への攻撃を最悪の罪と見なす。

*10 **利山和尚**　弘経寺第一四世住職、辯誉利山。

*11 **能化**　仏教で、教化する者。もとは如来や菩薩のことだが、転じて師僧のこと。

*12 **所化**　教化される者。もとは衆生のことだったが、ここでは修行僧のこと。

*13 **相馬村**　現在の茨城県北相馬郡と千葉県葛飾郡一帯を、明治以前は相馬郡と呼んだ。福島県にも相馬郡があり、この相馬村がどこをさすのかは不明。

*14 **安居の領を**　夏期または雨季に僧侶が寺院に集まって修行す

つの罪《つみ》にても、三宝《さんぼう》物のぬす人なれば、無間の業《ごう》はまぬかれず。それのみならず是成《これなる》名主との、よき若衆《わかしゅ》にてありし比、しうとめ御ぜんのいとおしみ、あわせをぬふてきせんとて嶋木綿《しまもめん》を手折《ており》にし、さらしてほしおかれけるを汝が親ぬすみとる。是をばたれ〴〵見しかども、若《もし》告《つげ》たらば汝が親、火をつけそふなるふぜいゆへ、しらぬよしにて居《い》けるとき、名主殿腹を立て、村中をやさがしせんと有ければ、そのおき所なきまゝに、名主のうらのみぞぼりへひそかにふみこみおきたるが、其後日でり打《うち》つゞゐて、水の浅瀬《あさせ》にかの木綿、五寸ばかり見へたるを、引あげて見られければ、みなぼろ〴〵とくさりたり。是はむら中に、かくれなし。

　さてその外に人の知らぬつみとが、いくらといふ数かぎりなしと、又もいわんとする所に名主大声あげて*15、みな〴〵たわことせんなし。各々《おのおの》も聞べからず日も暮《くる》るに、念仏いざやはじめんとて、法蔵寺《ほうぞうじ》を請《しょう》じ、一夜別事《いちやべつじ》を開闢《かいびゃく》する時、きくが苦痛少《くつうすこ》しやみければ、人々悦《よろこ》ひ。きくよかさねは帰れりやと尋《たず》ぬるに、きくがいわくいなとよその

ることを夏安居といい、この時期は僧侶たちは外出を控え托鉢にも出ないため、その間の寺での費用や必需品を残雪が代表して施主から受けとり帰ろうとしていたのだろう。

*15 **名主大声をあげて**　名主が問答を止めた動機は、次章で明らかにされるように、累による村人の犯罪の暴露が生存中の者に及ぶのを恐れたためだろう。

ま、我がむねに居たりと答《こた》ふ。かくのごとく折〳〵問ふに、其夜中《よじゅう》は終《つい》にさらず。夜《よ》も明《あけ》ゑからの時にいたつて、きくがいふやうかさねはいづくへか行《ゆ》きし。見へずといゝしが、しばらくありて又来《きた》りわきにそふて居るといへば、法蔵寺も名主年寄も皆々あきれて居られたる内に、麁菜《そさい》の斎《とき》を出しけれとも、三人目と目を見合せ、はし取あくべきやうもなく、世にもぶきやうげなる時、きくふとかうべをもたけ、あれ〳〵かさねは出てゆくはといゝて、そのまゝ起《おき》なをり、気色快気《きしょくかいき》してければ、法蔵寺も二人の俗《ぞく》も、こゝろよく斎《とき》を行《おこな》ひ悦びいさんでみな〳〵我が屋に帰らるれば、

きくが気色《きしょく》も弥《いよいよ》本復《ほんぷく》して、杖《つえ》にすがり村中の子共を引つれ、菩提所法蔵寺は申《もうす》に及ばす、其外近里《きんり》の寺道場《てらどうじょう》へ、日々に参詣《さんけい》し、いつの間にならひ得たりけん、念仏鉦鼓《しょうこ》のほどひやうし。あまりとうとく聞へければ。人々不審《ふしん》しあへるは、まことに浄土《じょうど》の仏《ぶつ》ほさつ、尼《あま》になれとのおゝせにて、其守護《しゅご》にもやあるらんと、皆々きいのおもひをなし、男女老少《ろうしょう》あつまり、此きくを先達《せんだつ》にて、*16ひがん中の念仏、隣《りん》

***16　きくを先達にて**　地獄極楽を見てきた上、浄土の菩薩から尼になれと命じられたということで、菊は羽生村及び近隣地域の人々から地域の宗教活動の指導的人物として認知されはじめたことを指している。

郷他郷《ごうたごう》にひゞきわたる。其外《そのほか》家々にて修《しゅす》る事は、昼夜昏暁《ちゅうやこんぎょう》の差別《しゃべつ》なく、思ひ〳〵の仏事作善《ぶつじさぜん》心《こころ》心《こころ》の法事供養《ほうじくよう》、日を追《おっ》てさかんなれば、諸人《しょにん》得道《とくどう》の能因縁《よきいんえん》とぞ聞へける。

村人達《むらびとたち》が亡《な》き親族《しんぞく》のあの世《よ》での消息《しょうそく》を尋《たづ》ねる

【羽生村《はにゅうむら》の者《もの》とも親兄弟《おやきょうだい》の後生《ごしょう》をたつぬる事《こと》】大意

この村では、誰の罪も誰かが知っていた。

累「この人も地獄、その人も地獄、皆たいていは地獄行き」

二月二十七日、自分たちの亡き親兄弟のあの世での消息《しょうそく》を累に尋ねようと、村中の男女が与右衛門宅に集まった。累は人々に問われるままに、名主の養父母、年寄の両親を皮切りに、誰某は何の罪でどのような地獄に墜ちたと、すらすらと答える。あまりに地獄行きが多いので、腹を立てた青年が「いい加減なことを言って子孫に恥をかかせる気か、証拠はあるのか」と詰め寄った。それに対して累は、「ハイハイお静かに。だから今朝から腹を立てるなと断っておいたでしょう」となだめ、死者の生前の罪について具体的な証拠や証人を挙げていちいち述べて見せたので、居合わせた人々は納得せざるを得なかった。ただし、累の話したことのすべてをおぼえている人はいないので、ここでは極楽と地獄の両極端の例のみ挙げて他は省略する。

ある若者が自分の父親の消息を尋ねると、累ははたと言葉に詰まり、知らないと答えた。若者はたいへん腹を立てて、「他の人たちについては、みなどんな刑罰を受けているかまで見てきたように答えているのに、俺の親父だけ知らないということがあるか。隠居して村のつきあいもせず、一人前に扱われずにいたのを馬鹿にしているのか。依《え》怙《こ》贔屓《ひいき》はさせないぞ。ぜひ我が親父の地獄を聞かぬかぎりは許さない」と目を怒らせてすごんだ。累は「人はみな地獄にいくものと定まっているわけではありません。あなたの父親は他に行ったのでしょう、地獄にはいなかった」と言うが、若者はなおも納得せず「あれほど多くの人の親の消息を知っているのに、うちの親一人だけ聞かずにおられようか」と詰め寄った。

その時、累はしばらく考えてから、おそらく極楽にいるのでしょう、と言った。

「それというのも、そなたが親の命日に、今日極楽行きが出たということで、地獄中にいる当村の罪人がその日一日刑罰を許されたことがありました。後で尋ねたところ、その日死んだのは念仏杢之介《もくのすけ》という人で、わらで縄をよるときも念仏を拍子として、老いてからは朝ごとに隠居所に届けられるお膳から半分取り分けて托鉢の僧に施し、亡くなるまで念仏を勧めていたとか（その人があなたの父親でしょう）」

どうしてそんなに詳しく知っているのかと年寄庄右衛門に尋ねられると、自分は地獄の入口にあたる等活地《とうかつじ》獄《ごく》に居た、そこでは亡者が地獄に連れてこられるたびに名前と罪状、どの地獄に送られるのかが読み上げられるので、地獄に来る人の数は多いけれども、羽生村の人のことだけは注意して覚えていた、などと答える。

また、別のある人が父親の消息を尋ねたら、即座に「無《む》間《けん》地《じ》獄《ごく》」と返答された。無間地獄は、八大地獄のなかでも最も罪の重い者が送られる地獄とされているので、尋ねた人は赤面し、その理由を問うた。

累は、尋ねた人の亡き父の生前の罪状を指摘（そのなかには利山和尚が弘経寺の住職の時代、残雪という僧から金品を強奪したこと、名主・三郎左衛門の衣類を盗んだことも含まれていた）し、さらに列挙しようとしたので、名主は大声でそれをさえぎり、「みなさん、戯言を聞いてもしかたありません。もうやめましょう。日も暮れたので念仏を始めましょう」と、法蔵寺の住職を招き入れて念仏供養を始めた。夜明けごろ、累は菊から離れ、菊の様子が元に戻ったので、人々は喜び、僧侶とともに食事をして、安心して帰って行った。

その後、菊は体調も回復して、杖にすがり、村の子どもたちを引き連れて、法蔵寺をはじめ近在の寺院へ毎日お参りし、いつのまにやら念仏の拍子をおぼえ、やがて菊を中心に老若男女が集まって念仏を称えるようになった。

死霊解脱物語聞書 下

しりょうげだつものがたりききがき

累《かさね》が霊《りょう》亦《また》来《きた》る事《こと》 附《つけたり》 名主《なぬし》後悔之事《こうかいのこと》

去《さんぬ》る二月廿八《二十八》日斎《とき》の座席にて、累《かさね》が霊魂 忽《たちまち》はなれ、菊本復《きくほんぷく》する故に、聖霊得脱疑《せいりょうとくだつうたが》ひなしと、人々安堵《あんど》の思ひをなし、みな〳〵信心歓喜《かんぎ》する所に、亦明《あく》る三月十日の早朝より、累が霊《りょう》来て、菊を責《せむ》る事例《ことれい》のごとし。

時に父も夫もあわてふためき早々名主年寄にかくと告《つぐ》れば両人おどろき則来て菊に向ひ累は何《いず》くに在るぞ亦何《なん》として来るといへば、菊がいわく*1約束の石仏をもいまだ立てず、其上《そのうえ》我に成仏をも遂《とげ》させず、大勢打寄《うちより》偽りを構《かま》へて亡者《もうじゃ》をたぶらかすといふて、我をせめ申《もうす》といへば、名主聞もあへず、是《これ》は思ひもよらぬ事哉《ことかな》。かさね能《よく》聞け。其《その》石仏は明後十二日には、かならす出来《しゅったい》する故に、我々昨日弘経寺方丈《ほうじょう》様*2へ罷《まかり》出《いで》、石塔開眼《せきとうかいげん》の事《こと》、両役者を以て申上る所に、方丈《ほうじょう》の仰せには、其石仏の因縁具《つぶさ》に聞伝へたり。*3出来次第に持来れ。かならず我開眼《かいげん》せんと、

*1 **菊がいわく** ここでの発話の主体は菊である。累は『聞書』前半では菊の身体に乗り移り、与右衛門、三郎左衛門、庄右衛門、ほか大勢の村人たちを相手に自らの主張を雄弁に述べていたが、後半ではもっぱら菊の言葉を通してその存在が知られるだけになる。

*2 **方丈** 寺の住職。ここでは檀通上人。

*3 **石仏の因縁具に聞伝へたり** 「その石仏の事情については詳しく聞いている」と住職は言っている。この時点で羽生村の騒動はすでに弘経寺にも伝えられていた。

直《じき》に仰せを蒙《こうむ》りし上は、縦《たと》ひ汝が心は変化《へんか》して、石塔望《せきとうのぞみ》は止むとても、方丈の御意重ければ、是非明後日は立る也。かほど決定《けつじょう》したる事共を、汝知らぬ事あらじ。よく〳〵是は菊がからだの有故に、ゑ知れぬ者の寄添《よりそう》て、いろ〳〵の難題を懸《か》け、所の者に迷惑させんためなるへし。此上は慈悲も善事《ぜんじ》も詮《せん》なし。只其儘《ただそのまま》に捨置き、かたく此事取持《このこととりもつ》べからすと、名主年寄大きに立腹《りっぷく》して各〳〵家に帰れば、与右衛門も金五郎も、苦《くる》しむ菊をたゞひとり、其儘家に捨置き、野山《のやま》のかせぎに出たるは、せんかたつきたるしわざなり。

かゝりける所に弘経寺の若党《わかとう》＊4に権兵衛といふ男、山廻《やままわり》の次《つい》てに、名主が館《たち》に行けるが、三郎左衛門常よりも顔色《がんしょく》青ざめて、物あんじ姿《すがた》なり。権兵衛其故を問《とい》ければ、名主がいわく、さればこそ権兵衛殿、かゝる難儀成事また今朝より出きたれ。其故は昨日《きのう》貴方も聞給《ききたも》ふごとく、累が石仏十二日には出来する故に、御開眼《かいげん》の訴訟《そしょう》＊5首尾能《しゅびよく》かなふ所に彼《かの》累今朝より来て、また菊を責《せむ》る故、其子細を尋ぬれは、石仏をもたてず、我か本意をも叶《かな》へずとて、ひたすら菊を責《せめ》候也。此上は是非

＊4 **若党**　通常は武家屋敷の家来のことだが、弘経寺で仏事以外の仕事のために雇われていた者か。

＊5 **訴訟**　この場合は裁判のことではなく、嘆願、願い立て。

なき事とて、すて置帰り候へとも、つく〳〵此事を案じ候に、まづさし当《あたり》明後日、石仏出来《しゅったい》仕《つかまつ》り、方丈様へ持参の上にて、何とか申上《もうしあぐ》べき。すでに此間地下《ぢげ》中打寄《うちより》、一夜別事《べつじ》の念仏にて、聖霊得脱《しょうりょうとくだつ》仕《つかまつ》ると、昨日申上《もうしあげ》たる所に、また来《きた》り候とは、ことの始終をも見さだめず、あまりそさう《そそう》なる申事《もうしごと》と、思召《おぼしめし》もいかゞなり。そのうへ此霊《りょう》付《つき》しよりこのかた、村中の者共、親兄弟の悪事をかたられ、隣郷他郷《りんごうたごう》の聞所証拠たゞしきはぢをさらす、しかれども今までは、死《しに》さりたるもの、悪事なれば、子孫の面をよごす分にして、当時《とうじ》させる難儀なし。此うへにまたいかなる悪事をかいゝ出し生《いき》たるもの、身のうへ、地頭《じとう》代官《だいかん》へももれ聞《きこ》え、一々詮議《せんぎ》に及ぶならば、村中滅亡《めつぼう》のもとひ*6ならんもいさしらず、せんなき事に懸《かか》り合《あい》村中へも苦労をかけ我等も難儀を仕《つかまつ》ると、くどきたてゝぞ後悔す。

　権兵衛つぶさに此事を聞居《ききい》けるが、名主が後悔遠慮《えんりょ》の段、一々道理至極《しごく》して、あいさつも出がたきほどなりしが、やう〳〵にもてなし、名主が所を立出て、すぐに菊が家に行き、そのありさまを見てあれば、

＊6　村中滅亡のもとひ　騒動をおさめるために尽力してきた三郎左衛門がもっとも懸念していたことがあらわになる。名主の権限で出来ることは累の怨霊との示談交渉までであって、この事件に代官所などの公的権力が介入すると、多少の罪は見て見ぬふりをしてかばい合ってきた村の人間関係が崩壊する。名主としての彼はそれを恐れていたのである。

たゞ一人あをさまにたをれ居て、苦痛する事例《こと》のごとく、権兵衛も余りふびんに思ひければ、庭に立ながら名主が今のものがたり、石仏出来あらましまで、証拠たゝしく云聞《いいきか》すれども、いつわるものおと時々返答《へんとう》して、*7 苦痛はさらに止《やま》ざれば、権兵衛もあきれつゝ、打捨て寺にぞ帰りける。

＊7　いつわるものおと時々返答して　「いつわるものを」（ウソつきめ）と返事をしている。

「名主三郎左衛門」「権兵衛」

「きくくるしみゐる」

累《かさね》の霊《れい》がまた来る、および名主《なぬし》の後悔《こうかい》――【累が霊亦来る事《かさねりょうまたきたること》 附《つけたり》 名主後悔之事《なぬしこうかいのこと》】大意

手に負えなくなった名主が弱音を吐く。

三郎左衛門《さぶろうざえもん》「この村は滅亡《めつぼう》するかもしれません」

翌三月十日の朝、みたび累が菊に取り憑いた。名主たちが驚いて駆けつけると、菊は、約束の石仏がまだできない、大勢で亡者《もうじゃ》をたぶらかしたのかと言って累が私を責めるのです、と言う。名主は「石仏は明後日に必ずできる予定だ、昨日は弘経寺《ぐきょうじ》に行って開眼供養《かいがんくよう》の段取りも決めてきた、それなのに次々に難題《なんだい》をふっかけるとは何様のつもりだ。さては得体《えたい》の知れぬものが菊に取り憑いて我らに難題《なんだい》をふっかけ、村の者を困らせるために言っているのだろう。もう愛想《あいそ》が尽《つ》きた、以後、一切取り合わない」と腹を立てて帰ってしまった。与右衛門も金五郎も、苦しむ菊をそのままにして農作業に出かけたのも仕方のないことだった。

さて、弘経寺の使用人に権兵衛《ごんべえ》という者がいた。山廻りのついでに名主の屋敷に立ち寄ると、三郎左衛門がいつになく青ざめた顔をして物思いにふけっている。

権兵衛が、どうしましたと声をかけると、三郎左衛門は愚痴をこぼした。

名主「今朝またとんだ難題が起きましてね。昨日、あなたもお聞きのように、累の石仏が十二日に届

くので開眼供養《かいがんくよう》の準備もすませていたところに、今朝からまた累がやってきて菊を苦しめています。尋ねると、石仏も建てず、自分の望みも叶《かな》えてくれないと言って、ひたすら菊を苦しめております。どうしようもないのでそのまま捨て置いて帰ってきましたが、つくづくこの一件を考えてみるに、まずさしあたって明後日、出来上がった石仏を弘経寺のご住職のもとへ持参して、さて何と申し上げたものか。既に村中のものが集まって念仏供養して累の霊は往生しましたと、昨日申し上げたばかりなのに、実はまた来ていますというのは、なんともそそっかしい話だと思われることでしょう。そのうえ、累の霊があらわれて以来、村中の者が死んだ親兄弟の悪事を暴かれ、近隣の村々に恥をさらすことになりました。今までは亡くなった人のことだから、たいした問題にならずにすんでいるが、さらに生きている者の悪事まで暴かれて代官所からいちいち嫌疑《けんぎ》をかけられるようなことになれば、この村は滅亡《めつぼう》するかもしれません。とんだことにかかわりあい、村人たちへも苦労をかけ、私らも難儀しています」

権兵衛がその足で菊のようすを見に行くと、菊は一人で寝ていて苦しんでいた。可哀想《かわいそう》に思って庭から声をかけ、名主から聞いた石仏開眼供養の予定などを言い聞かせたが、「嘘つき」と言うばかりで苦痛の止まないようすに呆《あき》れて寺に帰った。

祐天和尚《ゆうてんおしょう》累《かさね》を勧化《かんげ》し給《たま》ふ事《こと》

去程《さるほど》に権兵衛、弘経寺《ぐきょうじ》に帰る道すがら思ふやう、誠《まこと》や祐天和尚*1かの累が怨霊《おんりょう》のありさま、直《じき》に見てましと仰《おお》せられし。よき折《おり》から人もなきに、御供《おとも》仕《し》見参《みせまい》らせんと思ひ、帰りける所に、寺の門外に意専教伝《いせんきょうでん》残応《ざんおう》など丶聞えし、所化衆《しょけしゅう》五六人並《なみ》居《い》給《たまえ》るに、かくといへばよくこそ知らせたれ。祐天和尚の御出あらば我〳〵も行《ゆか》んとてみな〳〵用意をぞせられける。さて権兵衛は祐天和尚の寮《りょう》に行き、かやう〳〵の次第にて、さいわひ只今《ただいま》見る人も御座なく候に、門前に居られし所化衆をも、御つれあそばし、羽生へ御越《おこし》なさるべうもやあらんといへば、和尚聞もあへたまはず、よくこそ告《つげ》たれいざ行《ゆく》べしとて、既に出んとしたまひしが、まてしばしと案じたまひて仰《おおせ》らる丶は、いかなる八獄の罪人も、時機相応《じきそうおう》*2の願力《がんりき》を仰《あお》ぎ、一心に頼まんに、うかまずといふ事あるべからず。然《しか》る所に、再三念仏のくどくをうけて、得脱《とくだつ》した

*1 **祐天和尚** 浄土宗の僧侶、のちに宗門の顕職を歴任し、顕誉上人と呼ばれる。当時は弘経寺の修行僧だったが、この時すでに弁舌によって頭角を現していた。この物語の後半の主人公。解題（13頁～）を参照。

*2 **時機相応** その時にふさわしいことの意味だが、阿弥陀如来の教えが末法の世にふさわしいことを指す。

る霊魂、たち帰り〳〵取付《とりつく》事は、何様《なにさま》石仏ばかりの願《ねが》ひならず。外《ほか》に子細《しさい》の有《ある》と見へたり。若又外道天魔《もしまたげどうてんま》の障碍《しょうげ》か、そのゆへは羽生村の者共、たま〳〵因果のことはりをわきまへ、菩提の道におもむくを、さゐんとて来れるか。さなくは狐狸《きつねたぬき》のしわざにて、おゝくの人をたぶらかさんために、取つくにもやあらんに、せんなき事にかゝりあひ、我が一分《いちぶん》はともかくも、師匠の名までくだしなば、宗門《しゅうもん》の瑕瑾《かきん》なり。只そのまゝにすておき、所化共も行べからずと、貞訓《ていきん》を加へたまへば権兵衛も尤《もっとも》至極して、尓者《しかれば》所化衆をも留《とめ》申さんとて、門外《もんがい》さして出てゆく。

あとにて和尚おぼしめすは、既に此事は石塔開眼《かいげん》まで、方丈へ訴《うった》へ、其領定有上《そのりょうじょうあるうえ》は、縦《たと》ひ我々捨置とも、終《つい》には弘経寺が苦労に成べき事共也。そのうへ権兵衛がはなしのてい、村中の難義此事に究《きわま》るとあれば、いとふびんの次第なり。我行て弔《とぶら》はん。累が霊魂ならばいふに及はず。其外天魔波旬《てんまはじゅん》のわざ、又は魑魅魍魎《ちみもうりょう》の所以《しょい》にもせよ、大願業力《だいがんごうりき》の本誓諸仏護念《ほんぜいしょぶつごねん》の加被力《かぴりき》*3、一代経巻《いちだいきょうかん》の金文虚《きんもんむな》しからじ。其上和漢両朝《そのうえわかんりょうちょう》の諸典《しょでん》に載《のす》る所いか成三障四魔《さんしょうしま》をもたゞちにしりぞけ、

＊3　加被力　仏や菩薩が迷える衆生にする力添え、その力。

順次得脱《じゅんじとくだつ》の証拠数多《すた》あり。幸《さいわい》成哉《なるかな》時機《じき》相応《そうおう》の他力本願、仏力法力《ぶつりきほうりき》、伝授力《でんじゅりき》、争《いかてか》以《もっ》てしるしなからん。但《ただ》し今まで、両度《りょうど》の念仏にて、いまた埒《らち》あかで来《きた》る事、恐《おそらく》は疑心名利《ぎしんみょうり》の失有《しつあり》て、弔《とぶら》ふ人のあやまりならんか。我《われ》仏説に眼《まなこ》をさらし、諸人にこれを教《おし》ふといへども、皆《みな》経論《きょうろん》の伝説にて、直《じき》に現証《げんしょう》を顕《あらわ》す事なし。善哉《よいかな》やこの次《つい》てに、経巻《きょうかん》陀羅尼《だらに》の徳をもためし、そのうへには我宗《わがしゅう》秘賾《ひさく》の、本願念仏《ほんがんねんぶつ》の功徳をもこゝろみん。もしそれ持経密呪《じきょうみつしゅ》のしるべもなく、また証誠《しょうしょう》の実《じつ》言虚《ごんむなしゅう》して、称名の大利も顕はれず、菊が苦痛もやまずんば、二度《ふたたび》三衣《さんえ》*4は着《ちゃく》せじものをと、ひかふる心をふりすて、守《まも》り本尊懐中《かいちゅう》し、行脚衣《あんぎゃえ》取て打《うち》かけ、門外さして出給《でたも》ふは、常の人とは見えすとぞ。

さて門前に居られたる、衆僧《しゅそう》に向て宣《のたま》ふは、六人は帰り、権兵衛一人は我を案内して、累が所につれ行《ゆけ》とあれば、六僧のいわく、我々も御供申行《もうしゆか》んといふに、和尚のたまわく、いなとよ自分はふかき所存《しょぞん》有故《あるゆえ》に、覚悟《かくご》して行也《ゆくなり》。汝等《なんじら》は止《とど》まれとあれは、意専《いせん》のいわく、貴《き》僧《そう》は何とも覚悟して行《ゆき》たまへ。我々は只見物《ただけんぶつ》にまからんといわれし

＊4 三衣 僧侶の着る服、袈裟のこと。祐天が読経や念仏の功徳があらわれず菊を救うことができなければ二度と三衣を着ないというのは、失敗したら僧侶をやめる決心を示している。

を、和尚打《うち》ほゝゑみ給ひ、尤《もっとも》々いざさらばとて、以上八人の連衆《れんしゅ》にて、羽生村さして行たまふ。

いそぐにほどなく行つき、彼家《かの》を見たまへば、茅茨《ほうし》くづれては、日月霜露《そうろ》ももるべく埴壁破れては狼狗嵐風《ろうくらんふう》も凌《しの》ぎがたきに土間にはおとるふるむしろの、日ごとにしげき蟣虱《のみしらみ》、尻《しり》ざしすべきやうもなく、各々《おのおの》すそをつまどり、あとやまくらにたゝずみて、菊が苦痛を見たまへば、しらみのおそれもなく、けがれ不浄もわすられて、みな〱座《ざ》にぞつき給ふ。扨導師《さてどうし》枕に近寄《ちかより》たまへば、何とかしたりけん。菊が苦痛忽《たちまち》やみ、大息つゐてぞ居たりける。時に和尚問たまはく汝は菊か、累なるかと、病人答《こたえ》て云《いう》やう、わらわは菊で御座有《ござある》が、累は胸にのりかゝつて、我がつらをながめ居申《もうす》と、和尚又問たまわく。いか様にして汝を責《せ》むるやと、菊がいわく水と沙《すな》とをくれて、息をつがせ申さぬと、和尚又問ひたまわく、累は何といふて、左《さ》のごとくせむるそやと、菊がいわくはやくたすけよ〱といふて責《せめ》申と、いとあわれなる声根《こわね》にてたえ〲しくぞ答へける。

其時和尚聞もあへたまわず、今《いざ》さらば各々《おのおの》、年来《としごろ》所持の経陀羅尼《きょうだらに》、か丶る時の所用《しょよう》ぞと、まづ阿弥陀経《あみだきょう》三巻、中声《ちゅうこえ》に読誦《どくじゅ》し、回向《えこう》已《おわっ》て、扨《さて》累はと問《とい》給へば、菊がいわくそのま丶胸に居《い》申と、次に四誓《しせい》の偈文《げもん》*5三反誦《さんべんじゅ》じゑこうして又問たまへば今度も同じやうにぞ答ける。扨其次《さてそのつぎ》に心経《しんぎょう》三反誦じ已て、前のごとく尋ねたまへば菊がいわく、さて〳〵くどき問ごとや、それさまたちの目にはか丶り申さぬか。それほどそれよ。我胸にのりか丶り左右の手をとらへて、つらを詠《なが》めて居るものをといふ時、和尚又すきまあらせず、光明真言《こうみょうしんごん》*6七反《へん》くり、随求陀羅尼《ずいぐだらに》*7七反みて丶、度ごとに右のことく問たまふに、いつも同辺《どうへん》にぞ答へける。其時和尚六人の衆僧《しゅそう》に向《むかっ》てのたまわく、是《これ》みたまへよかた〳〵、今誦《じゅ》する所の経陀羅尼は、一代顕密《けんみつ》の中におゐて、何《いず》れも甚深微妙《じんしんみみょう》なれ共《ども》、時機《じき》不相応なる故か、少分も顕益《けんやく》なし。此上は我宗《わがしゅう》の深秘《じんひ》、超世別願《ちょうせべつがん》の称名そ、我に随《したがい》て唱《とな》へよと、六字《じ》づめの念仏、七人一同の中音《ちゅうおん》にて、半時《はんじ》ばかり唱《とな》へ卒《おわっ》て、さて累はと問たまへば、また右の如くに答《こた》へけり。

*5 **四誓の偈文** 四誓偈とも。『無量寿経』にある偈文。
*6 **光明真言** 光明真言は大日如来の真言。
*7 **随求陀羅尼** 随求陀羅尼は随求菩薩の真言。光明真言と随求陀羅尼のいずれも主として真言宗で用いるが、魔除けとして用いられるケースもある。

其時和尚興《きょう》をさまし前後をかへり見たまへば、いつのほどより集りけん。てん手に行灯《あんどう》ともしつれ、村中の者ども、稲麻竹葦《とうまちくい》*8と並居《なみい》たるが、一人〳〵和尚に向ひ、何《なに》がしはたれ某《それがし》はこれと、一々名字をなのり、様々時宜《じぎ》を述《のぶ》る事、いとかまひすしく聞へければ、和尚いらつてのたまはく、あなかしがまし人々*9今此所にして汝等が名字を聞てせんなし。只其許《そこもと》を分《わ》けよ。我れ用事を弁《べん》ずるにとてたちたまへば、ひぢをたをめ座をそばだて、おめ〳〵しくぞ通しける。

和尚すなはち外に出て、意地《いじ》の領解《りょうげ》*10を述《のべ》られしは、物《もの》すさましくぞ聞《きこ》えける。其詞《そのことば》にいわく。十劫正覚《じっこうしょうがく》の阿弥陀仏《あみだぶつ》、天眼天耳《てんがんてんに》の通《つう》を以《もっ》て、我がいふ事をよく聞《きか》れよ。五劫思惟《ごこうしゆい》の善功《ぜんぎょう》にて、超世別願《ちょうせべつがん》の名を顕《あらわ》し、極重悪人無他方便《ごくじゅうあくにんむたほうべん》、唯称名字《ゆいしょうみょうじ》、必生我界《ひっしょうがかい》の本願《ほんがん》はたれがためにちかひけるぞや。また常在霊山《じょうざいりょうぜん》の釈迦瞿曇《しゃかくどん》も耳をそばたてたしかに聞け。弥陀《みだ》の願意《がんい》を顕《あらわ》すとて、是為甚難《ぜいじんなん》の説《せつ》を演《の》べ、我見是利《がけんぜり》のそらごとは、何の利益《りやく》を見けるぞや。それさへ有《ある》に、十方恒沙《じっぽうごうじゃ》の諸仏《しょぶつ》まで広長舌相《こうちょうぜつそう》の実言《じつごん》は、何を信ぜよとの証誠《しょうじょう》ぞや。かゝる不実《ふじつ》なる仏

＊8　稲麻竹葦　村人が密集している様子。

＊9　あなかしがまし人々　ああうるさい！と叱りつけている。

＊10　意地の領解　「領解」は了解するの意味から転じて自ら了解したところのこと、ここでは信念の吐露。仏に対してあえて不遜な挑発を述べて、不退転の決意を示した。

教共がよに在るゆへに、あらぬそらごとの口まねし、誠の時に至ては現証《げんしょう》すこしもなきゆへに、かほどの大場《ば》て恥辱《ちじょく》に及ぶ口をしや。但し此方にあやまり有《あり》て、そのりやく顕《あらわ》れずんば、仏をめり、法を謗《そし》る。急ひで守護神《しゅごじん》をつかはし、只今我身をけさくへし。それさなき物ならば我爰《ここ》にてげんぞくし外道《げどう》の法を学びて、仏法を破滅《はめつ》せんぞと高声《こうしょう》に呼《よば》わりたけつて、本の座敷になをり給ふ時は、いかなる怨霊執対人《おんりょうしったいじん》*11も足をたむべきとは見へざりけり。

されども累はと問《とい》給ふに、又もとのごとく答《こたう》る時、和尚きつと思ひ付たまふは実《げ》に〱われらあやまりたり。その当人《とうにん》のなき時こそ我々ばかりの称名回向《しょうみょうえこう》も、薫発直出《くんほつじきしゅつ》の理《り》にかなわめ。既に罪人爰《ここ》に在り。彼にとなへさせて尓《しか》るべし。是ぞ観経《かんぎょう》に説所《とくところ》*12の十悪五逆のざい人、臨終知識《りんじゅうちしき》の教化《きょうけ》に値《あ》ひ、一声十念《いっしょうじゅうねん》の功《こう》により、決定往生《けつじょうおうじょう》と見へたるは、こゝのことそとおもひきわめ、菊に向てのたまふは、汝我《なんじわが》ことばにしたがひ十たび、念仏をとなふべしとあれば、きくがいわくいなとよさやうの事いわんとすれば、累我《わが》口をおさへとなへさせずとい

*11 **怨霊執対人** 『楽邦文類』の「所殺寃命彼蒙解脱、更無執対」は「（念仏をすれば）殺された者の怨念も解脱し、（殺した人に）取り憑くことはない」と解されるので、人に対して取り憑いた怨霊、とする。「足をたむ」は留まるの意で、いかなる怨霊も足を留めていられようとは思われない、つまり、逃げ出してしまうだろう、ということ。

*12 **観経に説所** 観経は浄土三部経典の一つ「観無量寿経」のこと。十悪は殺生・偸盗・邪淫・妄語・綺語・悪口・両舌・貪欲・瞋恚・邪見の十種の悪。

ふ時、左右にひかへたる百姓共、ことばをそろへていふやう、それは御無用に候。その者念仏する事かなわぬ子細候。いつぞやも来りし時、*13是なる三郎左衛門、今のごとくにすゝめられ候へば、累《かさね》が申やう、おろか成云事や、獄中《ごくちゅう》にて念仏が申さるゝ物ならば、誰《たれ》の罪人が地獄にして劫数《こっしゅ》をへんと申候と、

いゝもはてさせず和尚いらつてのたまわく、しづまれ〱汝等《なんじら》、口のさかしきに、其事も我よく聞《き》けり。それはよな、累来て菊が身に、直《じき》に入替りしゆへにこそ唱ふる事かなわざらめ。今はしからず。累はすてに別《べち》に居て我に向ひものをいふは菊なり。しかれば累が名代《みょうだい》に菊にとなへさするぞとのたまへば、みな尤《もっとも》とうけにけり。

さて菊に向ひかくとのたまへば、菊がいわく何と仰《おおせ》られても、念仏となへんとすれば、息ぐるしくてといふとき、和尚さては累が霊魂にあらず狐狸《きつねたぬき》のしわざなり。そのゆへは実《まこと》のかさねが霊《りょう》ならば菊が唱ふる念仏にて、己《おの》れが成仏せん事のうれしさに、すゝめてもとなへさすべきが、おさゆるはくせものなり。所詮《しょせん》は菊がからだのあるゆへに、*14

＊13 いつぞやも来りし時 最初に累が菊に取り憑いたとき、「羽生村名主年寄累が霊に対し問答の事」での名主と累の問答のことを指している。

＊14 所詮は菊がからだのあるゆえに 霊の依り代となる菊の身体があるために、悪霊や妖怪が依り憑いてきているのではないかと疑っている。名主も同様の感想をもらしていた。

ゑ知れぬもの丶寄《より》そひて、村中にも難義をかけ、我々にも恥辱をあたゑんとするぞ。よし此者を我にくれよ。たち所にせめころし、我も爰《ここ》*15にていかにもなり、万人の苦労をやめんとのたまひて、かしらかみを引のばし、弓手《ゆんで》にくる〳〵打《うち》まとひ、首《こうべ》を取《とっ》て引あげたまふ時、菊はわな丶く声を出し、*16あ丶となゑん〳〵といふ時、和尚のいわくさては累がしかととなへよといふか*17と聞《きき》給へは、菊答《こたえ》て中《なか》〳〵*18さ申《もうす》といふ故に、尓者《しからば》とてかみふりほどき手をゆるし、合掌《がっしょう》叉手して、十念を授《さず》け給へば、一々に受《うけ》おわんぬ。

扨《さて》累はと問たまへは、菊がいわく只今我が胸よりおりて、右の手を取《とり》わきに侍《はべ》ると、又十念を授けて問《とい》給へば、今爰《ここ》を去《さっ》て、窓からうしに手をうちかけ、うしろ向ひてたてりといふ。また十念をさづけて問たまへば、その時菊起きなをり、四方上下を見めぐらし、よにもうれしげなるかほばせにて、累はもはや見え申さぬといへば、其時座中の者共、皆一同《いちどう》に声をあげ、近比《ちかごろ》御手《おて》から*19と云《いう》時、又菊いとわびしき音根《こわね》を出し、それよ〳〵それさまのうしろへ*20、累がまた来《きた》る物をといふ時、

＊15 たち所にせめころし我も… 菊と憑依した霊とともに自分も刺し違えて死ぬ覚悟を示している。

＊16 菊はわな丶く声を出し 祐天の勢いにおされて震えあがっている。

＊17 さては累がしかととなへよといふか 累と名乗る者の意志を確認している。

＊18 中〳〵 「なかなか」は「その通り」の意。

＊19 近比御手から 見物人の喝采の声。「いよっ日本一」といったニュアンス。

＊20 それよ〳〵それさまのうしろへ 一度いなくなったと思ったところで、ほら、あなたの後ろにまた、と驚かす。

和尚はやくも心へたまひ、守り本尊を取出し、扉を開き菊に指向《さしむ》けて累がつらはかやう成しかと問たまへば、菊がいわくいなとよかほをば見ざりしかといふて、のびあがり。あなたこなたを見廻《まわ》し。わかれいづちへか行きけん、たちまち見へずといふ時、和尚又菊に十念を授けたまひ近所より叩《たたき》がねを取よせ念仏しばらく修《つと》め、廻向《えこう》して帰らんとしたまひしが、名主年寄両人に向て宣ふは此霊魂のさりやう、*21 いさゝか心得がたき所有《ところあり》。併　実《しかしながらまこと》に累が霊魂ならば、もはや二度来《ふたたびきた》るまじ。若《もし》また狐狸《きつねたぬき》のわざならば、また来《きた》る事も有べきか。そのやうだいを見たく思ふに、こよひ一夜番《いちやばん》をすへて替《かわ》る事も有ならば。早々我に知らせてたべと有ければ、名主年寄　畏《かしこまっ》て、我々両人直《じき》に罷有らん。御心易《おこころやす》く思召《おぼしめせ》とかたく領定仕《りょうじょうつかまつ》れば、悦《よろこ》びいさんで和尚を始《はじ》め、以上八人の人々、皆々寺へぞ帰られける。

是時いかなる日ぞや。寛文《かんぶん》十二年三月十日の夜。亥《い》の刻《こく》ばかりに累が廿六《二十六》年の怨執《おんじゅう》、悉《ことごと》く散《さん》じ、生死《しょうじ》得脱の本懐《ほんがい》を達せし事、併　是《しかしながらこれ》本願横紙《ほんがんおうし》をさくの利益《りやく》。*22 只恐《ただおそらく》は決定信心《けつじょうしんじん》の導師《どうし》の手にあらんのみ。

＊21 此霊魂のさりやう　菊が身代わりとして念仏を称えたにもかかわらず、累の霊はすぐには菊の元を離れず、一度離れたと思ったらまた戻ってきたり、菊が累の顔を確認していなかったりしたことが祐天には不審に思われた。あれは本当に累だったのか、あるいは狐狸妖怪の仕業だったのか、なお考えあぐねている。

＊22 本願横紙をさくの利益　「横紙破り」と同じで、無理を通すの意。累の怨念が晴れて往生したのは、ふつうなら無理なことなのだが、導師（祐天）がすぐれていたお陰であるということ。

「ゆうてんおしやう」「きくねんぶつ申べきといふ」「所のものよりあつまる」
祐天和尚、菊の髪の毛を左手でひっつかみおびえる菊に強引に念仏を称えさせる

祐天和尚《ゆうてんおしょう》、累《かさね》を教化《きょうか》し往生《おうじょう》させる

【祐天和尚累を勧化し給ふ事】大意

野心《や しん》あふれる修行僧《しゅぎょうそう》・祐天が累の怨霊《おんりょう》に挑《いど》む。

祐天「失敗《しっぱい》したら坊主《ぼうず》はやめる覚悟《かくご》だ」

弘経寺《ぐきょうじ》に戻る道すがら権兵衛《ごんべえ》は、弘経寺の僧・祐天《ゆうてん》が、累《かさね》の怨霊《おんりょう》をじかに見てみたいものだと言っていたのを思いだした。寺に戻ると、門外に祐天の同僚僧たちがいたので、その旨を伝えると、それは面白い、祐天が行くなら我々も同行しようと賛同した。

そこで権兵衛は、祐天の寮を訪ね、見聞してきたことを伝えた。祐天は一度はすぐに出かけようとしたが、念仏の功徳《くどく》で往生《おうじょう》したはずの霊魂が何度も帰ってくるのは不審だ、妖怪による罠《わな》ではないか、うっかり手を出して師匠や宗門《しゅうもん》の名に傷をつけてはならないと考え直し、放っておけ、他の僧にも行くなと伝えよ、と命じた。しかし、結局、弘経寺の住職（祐天の師・檀通和尚《だんつうおしょう》）が羽生村の石仏開眼供養の依頼を引き受けていることからこの件を放置してはおけない。村の難儀を見捨てるにしのびない。また、この機会に修行の成果も試してみたいとも考え、菊の苦しみが止まないならば僧をやめる決意をして、同僚の僧たちとともに羽生村《はにゅうむら》に向かうことにした。

与右衛門《よえもん》宅は、茅葺《かやぶ》き屋根が崩れて雨露《あめつゆ》どころか日の光まで漏《も》れてきそうなうえ、壁も破れて風どころか犬まで通り抜けていきそうなボロ家だった。床に敷いたムシロにはノミやシラミがわき、腰を下ろすのに困る有様だったが、菊の苦しみの様子を見れば、そんなことにかまっていられないと一同は座に着いた。

祐天は菊の枕元に座り、お前は菊か累かと尋ねた。菊「私は菊です。累は胸元にのしかかって私の顔をながめています」。累はどのように苦しめているのかと問うと、「水と砂を飲ませて息をさせてくれません」という。累は何だと言って責めるのかと問うと、菊は「早く助けよ早く助けよ、といって責めます」と息もたえだえに答えた。

そこで祐天は阿弥陀経《あみだきょう》を読誦《どくじゅ》したが、累はまだ菊の胸の上にいるという。四誓偈《しせいげ》、般若心経《はんにゃしんぎょう》を読誦しても効果はなく、菊は「皆さま方の目には見えないのですか。ほら、私の胸にのしかかって両手を押さえつけて顔をながめていますのに」という。そこで祐天はすかさず光明真言《こうみょうしんごん》と随求陀羅尼《ずいぐだらに》を唱えては、そのたびごとに尋ねるが、累は菊から離れない。祐天は同行した六人の僧に「見たまえ、顕密仏教《けんみつぶっきょう》の経や陀羅尼《だらに》では時機不相応《じきふそうおう》で成果がない。このうえはわが浄土宗の称名念仏《しょうみょうねんぶつ》の出番だ」と声をかけ、七人の僧は半時ばかり念仏を称え続けたが、それでも累は菊から離れなかった。

愕然《がくぜん》とした祐天があたりを見回すと、いつの間にか村中の人々が提灯《ちょうちん》を手に集まっていた。口々に挨拶しようとする人々を「うるさい」と一喝《いっかつ》して人垣をかき分け外に出た祐天は、仏に向かって罵《ののし》った。「阿弥陀如来よ、神通力《じんつうりき》で俺の言葉を聞け。念仏を称えれば必ず極楽往生《ごくらくおうじょう》させるとの誓いは誰のためのものか。お釈迦《しゃか》さんよ、耳をかっぽじってよく聞け。阿弥陀の浄土を説いたあんたの説法は嘘だったのか。こんな不実な仏教があるために、あらぬ嘘の口まねをして、この大事な時に何の成果も出せず、重大な場面で恥をかくとは口惜《くちお》しい。ただし、自分が間違っているなら直ちに仏罰を下してこの身を引き裂け、さもなければここで坊主をやめ、外道《げどう》の法を学んで仏教を破滅させるぞ」と声高く叫んだ。こうして座敷に戻ってきた祐天（の気迫）には、いかなる怨霊《おんりょう》も逃げ出すだろうと思われた。

累はどうしたと尋ねると、まだ元のようにいるという。その時、念仏を本人に称《とな》えさせなければ意味がないのではないかと思いあたった祐天は、菊に「俺のあとについて十回念仏を称えよ」と促すが、菊は累が口をおさえてそれをさせないと言って拒む。脇から名主たちも、以前、累に自分で念仏を称えてみたらどうかとすすめたが、地獄の罪人が自分で念仏を称えて救われるものなら誰が地獄に落ちるものかと累に言い返されたことを告げるが、祐天は、そんなことは知っていると一喝《いっかつ》し、「その時の累は菊に入れ替わって菊の体の中にいたが、今は菊の体の外にいる。それならば菊に累の代理として念仏を称えさせよう」と言う。

それでも菊が拒むと、祐天は「さては累の霊魂ではなく狐狸《こり》妖怪《ようかい》の仕業《しわざ》だな」と決めつけた。「なぜなら、本当に累の霊なら、自分が成仏できることのうれしさに念仏をすすめるはずがそれをさせないというのが怪しい。さては得体の知れぬものが取り憑いて村に難儀をかけ、我らにも恥をかかせようとしているに違いない。よし、菊を俺にくれ。菊を殺して俺も死ぬ、そして万人の苦労を止めよう」とすごんだ祐天が菊の髪の毛を左手でひっつかみ顔を上げさせると、菊は「称えます称えます」と震える声で言った。「それは累が称えよと言っているのか」。「もちろんそうです」。それならばと祐天は手を離し、菊に合掌《がっしょう》させて念仏を十回称えさせた。

さて累はどうしたかと尋ねると、「今、私の胸から降りて、右手を握って横にいます」と言う。そこでまた念仏を称えさせてから尋ねると「今はここを去って、窓の格子に手をかけてうしろ向きに立っています」とのこと。さらに念仏を称えさせると、菊が起き上がってまわりを見回し、うれしそうに「累はもう見えません」と言ったので人々は歓声《かんせい》をあげた。よかったよかったと言い合っていると、菊が悲しげな声で「そこ、そちらの方の後に累がまた来ている」と言い出した。その時、祐天はすかさず守《まも》り本尊《ほんぞん》をとりだして仏像の顔を菊に見せて「その累の顔はこのようになったか」と問う。菊は「いいえ、顔は見なかった」と、あちこちを見回し「どこへ行ったのかな、たちまち見えなくなった」と答えた。そこで祐天は菊とともに念仏を称え、累の供養をした。

しかし祐天は、この霊魂の去り様に不審《ふしん》を抱き、本当に累の霊魂なら二度とは来ないだろうが、狐狸妖怪の仕業ならまた来るかもしれない、今夜一晩、菊の容態を見守るようにと名主たちに依頼して、祐天一行は弘経寺に帰って行った。寛文《かんぶん》十二年三月十日の夜、亥《い》の刻《こく》のことであった。

菊《きく》人々《ひとびと》の憐《あわれみ》を蒙《こうむ》る事《こと》

去程《さるほど》に祐天《ゆうてん》和尚余《あま》りの事のうれしさに、仮寝《かりね》の夢も結びたまはず、まだ夜ふかきに寮《りょう》をたち、惣門《そうもん》さして出給ふ。

門番あやしみ夜もいまだ明《あけ》ざるに、いづ地《ち》へかおはしますといへば和尚のたまわく、我は羽生へ行《ゆく》なり。夜中に何共《なにとも》左右《そう》*1やなかりしかと問《とい》たまへば、門守《もんもり》がいわくされば夜前《やぜん》の仰《おおせ》により、随分心懸《ずいぶんこころかけ》待候《そうら》へ共《ども》、いまに何のたよりも御座なく候。羽生への道すがら、山狗《やまいぬ》もいで申さん。それがしも御供仕らんとぞ申《もうし》ける。和尚のたまはく汝をつれゆけば跡の用心おぼつかなし。とかふせば夜も明《あけ》なんに、行《ゆく》さきは別《べつ》義《ぎ》あらじ。かたく門を守《まも》り居《お》れとて。只一人すご〱と羽生村に行着《ゆきつき》件《くだん》の所を見給へば菊を始め二人のばん衆前後もしらず臥《ふ》して有。

和尚立《たち》ながら高声《こうしょう》に十念したまへば、二人の者目をさまし、是は御出候かとておきなをる時、和尚のたまわく。各《おのおの》〱は何のための番《ばん》ぞ

*1 **左右** 報告、知らせ。

や。いねたるなと仰《おお》せられるれば、二人の者申やう、いかでしばしもやすみ申さん、宵《よい》のまゝにて菊も正体なくいね申候。其外何のかわりたる義も御座なく、夜もいまだ明《あけ》やらず候まゝ、しばしやすらひ御左右《そう》も申さまじ*2などかれこれいふ内に、菊も目さましうづくまり、ぼうぜんたるていなり。

和尚其有様《そのありさま》を見たまへは、嵐も寒きあけがたの、内もさながらそと成《なる》家に、かきかたびらのつゞれひとへ*3、目も当《あて》られぬていたらく。縦《たと》ひ死霊もの、けははなれたり共、寒気《かんき》はだへをとをすならば、何とて命のつゞくべきと思しめし、名主年寄を恥《はじ》しめ、各々《おのおの》は余り心づきなし。いかで此菊に、古着ひとへはきせたまわぬ。かれが夫はいづくに在ぞとよびたまへば、金五郎よろをい出て、古むしろを打《うち》はたき、菊がうへ、おゝはんとすれば菊がいわくいやとよおもしきすべからずといふ時、名主年寄申やうは其ぶんはたつて御苦労になさるまじ。所のものゝならひにて生れなから、みなかくのごとしといへば、和尚のたまはくそれは達者《たつしや》にはたらくものゝ事よ此女はまさしく正月はじめよ

＊2　**御左右も申さまじ**　ここでの「御左右」は指図の意味。あれこれ言わないで下さい、と祐天をなだめている。
＊3　**かきかたびらのつゞれひとへ**　ボロを縫い合わせて作った柿染めの単衣。

り煩付《わずらいつき》、もののもくらわでやせおとろへたるものなれば、とにかくに各〱《おのおの》が、めぐみなくてはそだつまじ。万事頼むとのたまへば、二人の者 畏《かしこまっ》て此上は随分見つぎ申べしと、ことうけすれば、

其時和尚もきげんよく急ぎ寺に帰りつゝ、すぐに方丈《ほうじょう》へ行たまひ。納所《なっしょ》*4 教伝《きょうでん》に近付《ちかづき》。夜前《やぜん》の霊魂はいよ〱去、菊は本復《ほんぷく》したれども衣食《えじき》倶《とも》に貧しければ、命をさそふるたよりなし。尓《しか》るにかれを存命さするならば、多くの人の化益《けやく》なるべし。*5 なにとぞ命を扶《たす》けたく思ふに、先各々《まずおのおの》も古着のあらば一つあてとらせよ。我も一つはおくるべし。さて方丈の御膳米《ごぜんまい》をかゆにたかせあたへたく思ふなどして寮《りょう》に帰り給ふ時。方丈はらうかにたちやすらひ、此事を聞《きこ》し召《めし》納所《なっしょ》を近付《ちかづけ》仰《おお》せられしは、実《げ》にもかのものゝいふことく此女のいのちはたいせつなるぞや。それ〱の用意してつかはせ。さて是をはだにきせよとてかたしけなくも上にめされしさやの御小袖《こそで》を、ぬがせたまひ下しつかはされける時、名主年寄両人を急度《きっと》めし寄《よせ》られ、直《じき》に仰《おおせ》らるゝは、汝らよく合点《がってん》して、菊が命を守るべし。其ゆへは我々経釈《きょうしゃく》をつたへて、千万人度《せんまんにんど》

***4 納所**　寺院の出納・物品管理の担当者。教伝はその僧の名前。

***5 多くの人の化益なるべし**　後に住職が「万人化益の証拠」と言うのもほぼ同じ。祐天や檀通らにとって菊の生存が重要視されたのは多くの人に浄土仏教をアピールするためであった。

すれども、皆是道理至極《みなこれどうりしごく》の分《ぶん》にして、いまだ現証《げんしょう》を顕《あらわ》さず。尓《しか》るに此女は、直《じき》に地獄極楽を見てよく因果を顕す者なれは、万人化益《ばんにんけやく》の証拠なり。随分大切に介抱《かいほう》せよ。なをざりにもてなし死なせたるなど聞ならば、此弘経寺《このぐきょうじ》が怨念*6汝らにかゝるべし。と、はげしく教訓《きょうくん》したまへば、二人の者どもなみだをながし、畏《かしこまっ》て御前を立。急き羽生へ帰りつゝ、方丈の仰せども、一々にかたりつたへ、扨下《さて》しつかわされたる御小袖をきせんとすれば、菊がいわく、あらもつたいなし何とてか、弘経寺《ぐきょうじ》様の御小袖を、我等が手にもふれられんといへば、実尤《げにもっとも》なりとて、後日に是を打敷《うちしき》*7にぬい、法蔵寺《ほうぞうじ》の仏殿《ぶつでん》にそかけたりける。

扨《さて》祐天和尚の御ふるぎ其外《そのほか》人々よりあたへられたる着物《きるもの》をも、いろ〳〵辞退せしかとも、かれこれとぬいなをし、さま〳〵に方便してこそきせたりけれ。さてまた、弘経寺より、下されたる食物《じきもつ》は申に及ばず。其外の食事をも一円《いちえん》にくらわず。たま〳〵少も食《しょく》せんとすればすなわち胸にみちふさがり、あるひはひふをそんざす。惣《そう》じて此霊病《れいびょう》を受《うけ》し正月始《はじめ》の比《ころ》より三月中旬にいたるまで大かた湯水のたぐひのみに

＊6　弘経寺が怨念　菊を死なせでもしたら弘経寺の怨念がお前たちにふりかかるぞ、と檀通上人はおどかしている。当時の弘経寺が近隣の村を威圧しうる権威をもっていたことを示している。

＊7　打敷　机や仏壇に敷く敷物。

て、くらせしかとも、さのみつよくやせおとろへもせざりければ、人々是をふしんして問けるに、何とはしらず口中に味《あじわい》有て、外の食物《しょくもつ》に望《のぞみ》なしといへば、扨《さて》は極楽の飯食《おんじき》を、時々食《しょく》するにもやあらんとて、さながら浄土より化来《けらい》せる者かと、あやしみうやまひめぐむ事、かぎりなし。

【菊《きく》人々《ひとびと》の憐《あわれみ》を蒙《こうむ》る事《こと》】大意

菊《きく》は人々の哀《あわ》れみを受ける

祐天《ゆうてん》はじめ弘経寺《ぐきょうじ》は寺《てら》ぐるみで菊《きく》の病後《びょうご》を介抱《かいほう》する。

檀通上人《だんつうしょうにん》「もし死なせたりしたら、弘経寺《ぐきょうじ》の怨念《おんねん》があなた方の上にふりかかりますぞ」

いったん弘経寺に戻った祐天だが、まだ夜も明けぬうちから羽生村に菊のようすを見に行った。寒風の吹き込むあばら屋で薄い衣一枚だけ着て寝ている菊を見て、これでは死霊や物の怪が憑かなくても弱って死んでしまうと感じた祐天は、名主たちに菊を介抱するように頼んだ。これが土地の者の習いだからという名主たちに、「それは健康な者のこと、彼女は正月はじめから病の床につき、ろくに食事もせずにやせ衰えているのだから、あなた方の助けがなければ回復しないだろう。万事よろしく」と頼み、名主たちが承諾すると機嫌よく寺に帰っていった。

弘経寺に帰った祐天は、寺の出納係に事情を話し、菊に衣類・食料を与えるよう申し入れた。弘経寺住職・檀通上人は廊下で祐天の話を聞き、出納係に「実に祐天の言うとおり、この女の命は大切なるぞや。衣食の用意をしてあげなさい」とおっしゃった。さらに、「これを着せてやりなさい」と自らの衣類を与えるとともに、急きょ羽生村の名主年寄を呼び出して厳しく諭した。

「あなた方、今から言うことをよく心得て、菊の命を守りなさい。われら僧侶は経典と解釈を伝えて大勢の人を救おうとするけれども（因果応報や極楽往生は）道理の上でのことで現実の証拠があるわけじゃない。ところがこの女はじかに地獄極楽を見て因果の理を体現した者であるから万人を信仰に導く証拠となる。ずいぶん大切に介抱してあげなさい。もし死なせたりしたら、弘経寺の怨念があなた方の上にふりかかりますぞ」

感激した二人は村に帰り、檀通上人の下さった衣類を菊に着せようとしたが、菊は「もったいない」といって着ようとしないので、敷物に縫い直して法蔵寺に奉納した。祐天和尚の古着なども辞退したが、縫い直して菊に着せた。弘経寺やその他からもらった食事も、菊はほとんど食べなかった。

菊は霊にとり憑かれた正月初めから三月中旬まで、ろくに食事をとらず湯水だけで過ごしていたのに、それほどひどくやせ衰えることがなかったのを人々が不審に思って尋ねたところ、菊は、口の中に味わいがあってとくに食欲を覚えなかったという。人々は、さては極楽の食べ物を時々食べていたのだろうかと不思議に思い、また敬ったのであった。

石仏開眼《せきぶつかいげん》の事《こと》

同三月十二日石仏すてに出来《しゅったい》して飯沼弘経寺客殿《いいぬまぐきょうじきゃくでん》にかきすゆればすなはち当方丈明誉檀通上人御出有《とうほうじょうめいよだんつうしょうにんおいであり》。そのほか寺中のしよけ衆なと、おもひ〳〵に入堂《にゅうどう》す。

ときに方丈ふでとり給ひ、妙林《みょうりん》をあらため、理屋松貞《りおくしょうてい》とかいみやうし少〳〵くやうをとけられ終《つい》に、羽生村法蔵寺の庭にたてて、前代未聞《ぜんだいみもんの》しやう跡《ぜき》を貽す。永き代《よ》のしるし是なり。*1

奇哉《きなるかな》 此物かたり、あるひは現在のゐんくわ*2をあらはし、あるひは当来《とうらい》の苦楽*3をしらせ、あるひは誦経《じゅきょう》念仏の利益《りやく》*4をあらそひ、あるひは四恩報謝《しおんほうしゃ》*5の分斎《ぶんざい》をたゞす。かくのごとく段々《だんだん》の事有て、終《つい》*6に智恵慈悲方便、三種菩提《さんじゅぼだい》の門に入り、能所相応《のうじょそうおう》して、*7機法一合《きほういちがつ》の全体、立地《たちどころ》に生死《しょうじ》の囚獄《しゅうごく》を出離《しゅつり》し、直《じき》に涅槃《ねはん》の浄刹《じょうさつ》に往詣《おうけい》する事、まつたく是、他力難思善巧《なんじのぜんきょう》、本願不共《ほんがんふぐう》の方便也。しかりといへとも願力《がんりき》不

*1 **永き代のしるし是なり**　累の墓、累の望みで三郎左衛門が購入した石仏（如意輪観音像）は法蔵寺の累墓所に現存する。

*2 **現在のゐんくわ**　現在の因果とは、ここでは過去の与右衛門の妻殺しが憑依事件の原因となっていること。

*3 **当来の苦楽**　当来は来世のこと。「菊本服して冥途物語の事」で語られた死後の因果応報のこと。

*4 **誦経念仏の利益**　読経や念仏の功徳のこと。「羽生村名主年寄累が霊に対し問答の事」で読経と念仏が比較されている。

*5 **四恩報謝**　「累が霊魂再来して菊に取付事」で名主たちと累は報恩のあり方を議論した。

思議の現証《げんしょう》を顕《あらわ》す事、且《かつ》恐《おそらく》は導師《どうし》決定心《けつじょうしん》の発得《ほっとく》によるものなるをや。しからば此決定信心《けつじょうしんじん》の人何《いず》れをか求めんとならば、単直仰信《たんじきこうしん》。称名念仏《しょうみょうねんぶつ》の行者是其人也《ぎょうじゃこれそのひとなり》。此人におゐていか成徳《なるとく》あるぞやとならば、随順仏願《ずいじゅんぶつがん》、随順仏教《ぶっきょう》、随順仏意《ぶつい》、是其徳也《これそのとくなり》。かくのごとく心得《こころうる》時は道俗貴賤老若男女《どうぞくきせんろうにゃくなんにょ》によらず唯一向《ただいっこう》に信心称名せば、現当《げんとう》の利益《りやく》是より顕《あらわ》れんか。

右かさねが怨霊得脱《おんりょうとくだつ》の物語《ものがたり》*8 世間《せけん》に流布《るふ》して人の口に在といへども前後次第意詞《こころことば》色々に乱れ其事慥《たし》かならず。爰《ここ》に彼《甲某》死霊《かのしりょう》の導師《どうし》顕誉上人拝顔之砌《けんよしょうにんはいがんのみぎり》度々懇望《こんぼう》仕直《つかまつりじき》の御咄《はなし》を深く耳の底にとゞむといへとも本《もと》より愚痴蒙昧《ぐちもうまい》の身なれば、かく有難《ありがた》き現証《げんしょう》不思議の事どもを日を経《へ》んまゝ、あとなく廃忘《はいぼう》せんほいなさに詞《ことば》のつたなきをかへり見ず書記《かきしる》し置者《おくもの》也。猶此外《なおこのほか》にも累と村中との問答には聞落としたる事あるへきか。

***6　段々の事有て、終に**　ここで残寿は累の憑依から往生までの過程を、人々が仏教信仰へと至る道筋のように書き出している。こうした段階を踏まえて、ついに「知恵慈悲方便」「三種菩提」（天親『浄土論』を踏まえた表現）すなわち仏の教えの世界に入り累は往生したという枠組でこれまでの事件を再構成している。

***7　能所相応して**　能化と所化、すなわち教化する側（僧）とされる側（この場合は累）のはたらき、救われたいという衆生の信仰（機）と衆生を救おうとする仏の願い（法）が一致（一合）して。

***8　右かさねが怨霊得脱の物語**　物語を離れて、筆者が『聞書』の成立事情を述べている。「世間に流布して」というのは、この『聞書』以前に、本書に併録した『古今犬著聞集』のように既にさまざまなかたちで累憑依事件が話題になっていたことを指す。

【石仏開眼《せきぶつかいげん》の事《こと》】大意

石仏《せきぶつ》の開眼《かいげん》供養《くよう》が行なわれる

累《かさね》の望んだ石仏が前代未聞《ぜんだいみもん》の出来事の証として建立《こんりゅう》された。

残寿《ざんじゅ》「これほど珍しい本当にあった不思議な話を、時とともに忘れてしまうのも本意ではなく、あえて文章の拙《つたな》いのもかえりみず書き記した」

三月十二日、弘経寺にて、累の望んだ石仏の開眼供養が、弘経寺住職・檀通上人をはじめ大勢の僧侶が列席するなかで執《と》り行なわれた。住職は累の戒名《かいみょう》・妙林《みょうりん》を理屋松貞《りおくしょうてい》とあらため、供養して、その後、羽生村の法蔵寺の庭に（墓を）建立された。前代未聞の事件の証拠である。

不思議なこの物語はその過程で、現在の因果をあらわし、来世の苦楽を知らせ、誦経と念仏の功徳を論じ、四恩報謝のあり方をただすなど、このようにいろいろな段階を経て、ついに累の怨霊も教化され極楽往生した。これはまったく、阿弥陀如来のお力である。とはいえ、阿弥陀仏の本願の力が発揮されるのには、おそらくは導師の揺るがぬ信仰心あってのことだろう。揺るがぬ信仰心のある人とは、ただひとえに阿弥陀如来の救いを信じ、念仏を称える行者がその人である。この人においていかなる徳があるかといえば、阿弥陀仏の願い、その教え、その意志に随順する、これがその徳である。このように心

現存する法蔵寺の累の石仏（撮影＝編集部、2011 年春）

得るなら、立場や地位、年齢性別によらず、ただひたむきに阿弥陀仏の教えを信じて念仏をすれば、功徳があらわれるだろう。

以上、累の怨霊得脱《おんりょうとくだつ》の物語は世間に流布《るふ》して人々は噂《うわさ》しているが、前後の事情も表現も語る人によってまちまちで、確かなことがわからない。そこで筆者がかの死霊の導師をつとめた、顕誉上人《けんよしょうにん》（祐天）にお会いした折に、たびたび懇願して、直接お話しをうかがい深く記憶に刻んだとはいえども、もとより自分は愚かなものであるから、これほど珍しい本当にあった不思議な話を、時とともに忘れてしまうのも本意ではなく、あえて文章の拙《つたな》いのもかえりみず書き記したものである。なお、この外にも、累と村人たちの問答には私が聞き落としたこともあるに違いない。

顕誉《けんよ》上人《しょうにん》助《すけ》か霊魂《れいこん》を弔《とむらい》給《たも》ふ事《こと》

頃《ころ》は寛文十二年飯沼寿亀山弘経寺《いいぬまじゅきさんぐきょうじ》にて、四月中旬《ちゅうじゅん》の結解《けつげ》*1より、大衆《たいしゅ》一同の法問《ほうもん》*2、十七日に始り、三則目《さんそくめ》に当《あたっ》て、十九日の算題《さんだい》は発迹入源《ほっしゃくにゅうげん》の説破《せっぱ》なれば、各々《おのおの》真宗《しんじゅう》の利剣《りけん》を提《ひっさ》げ、施化利生《せけりしょう》の陣《じん》頭《とう》におゐて、法戦場《ほっせんじょう》に火花をちらし、右往左往《うおうさおう》に勝負をあらそひ、単刀直入《たんとうじきにゅう》のはたらき、互《たがい》に隙《ひま》なき折から、祐天和尚も今朝より数度《すど》のかけ合《あい》に、勢力《せいりき》もつかれたまひ、しばらく息をやすめて、向ひをきつと詠《なが》めたまへば、羽生村の庄右衛門、只今一大事の出来《しゅったい》し、咽《のんど》にせまる風情《ふぜい》にて、祐天和尚の顔をあからめもせず、守り居《い》たり。

和尚此《この》よし御覧《ごらん》して、いかさま此者のつらつきは、今日妻子《さいし》の死にのぞむか、さてはきわめたる一大事、出来《しゅったい》せりと見へたり。何事にてもあれかし、この法席《ほっせき》たつまじものをと、見知らぬていにもてなし、確乎《かっこ》としてぞおわしける。庄右衛門が心の内、此日の法問過《ほうもんすぐ》る事、

*1 **四月中旬の結解** 「結夏」のこと。僧侶らが外出を控え、寺院内で修行に専念する期間を夏安居といい、その開始を結夏という。通常、四月十六日より始める慣わしがあった。

*2 **法問** 仏教の教義解釈について、僧侶たちが優劣を競う。

千歳《ちとせ》をまつに異ならじと、推量《おしはか》られて知られたり。

　扨《さて》やう〳〵に法問はて、大衆もみな〳〵退散すれば祐天和尚も所化《しょけ》寮《りょう》さして帰り給ふに、庄右衛門やがて後《しり》につきそゞろあしふんで来る時、和尚寮《りょう》の木戸《きど》口にて、うしろをきつとをかへり見たまひ、いかにぞや庄右衛門殿、用有《あり》げに見ゆるは何事にかあらん、おぼつかなしとのたまへば、庄右衛門畏《かしこま》り、さればとよ和尚様、かさねがまたきたり今朝よりせめ候が、もはや命はつゞくまし。*3 急き御出《おいで》有べしと、所までらにいゝちらす。

　和尚聞もあへたまわず、さては其方はさきへ行け。我も追付行《おっつけゆく》べしと、しやうぞく召《めし》かへ出給ふが何ともりやうけんしたまわず。門外《もんがい》の松原まで、只うか〳〵とゆき給ふを、庄右衛門待受《まちうけ》申やう、何となさるゝそや和尚様はや〳〵御越候《こしそうら》ひて、十念さづけ給へといふに、和尚のたまはく何とかさねが来るとや。其用所《ようじょ》何事にかあらん。またせめのやうだいはいか様なるぞと問たまへば、庄右衛門申様《もうすよう》、今朝の五つ時*4より、かさねがまた来りたりとて、与右衛門も金五郎も、名主と

＊3　もはや命はつゞくまじ　この時点で年寄は菊の生存を絶望視している。この後でも「大方命はないでしょう、せめて遺体になりとも念仏を称えて供養してやってください」と懇願している。祐天にしてみれば、菊は念仏の功徳の生き証人であるから、ここで死なれては立つ瀬がない。羽生村へ向かう二人のやりとりには両者の思惑の違いが表れている。

＊4　今朝の五つ時　午前八時頃。

我等に告《つげ》しらせ候ゆへ、早々両人参りて、そのありさまを見候に、まづくるしみのていたらく、日比《ひごろ》には百倍して、中《ちゅう》にもみあげてんどうし、五体もあかくねつなふして、眼《まなこ》の玉もぬけ出しを、両人いろ〱介抱《かいほう》仕り、累よ菊よと呼《よばわ》れとも有無《うむ》の、返事もならばこそ、只ひらせめの苦痛なれば大方《おおかた》命は御座あるまじ。せめての事に十念を、からだになり共さゞけ給ひ、後生《ごしょう》御たすけ候《そうら》へと、なみだくみてぞかたりける。

和尚此よし聞《きこ》しめし、いよ〱心おくれつゝ、たゞぼうぜんとあきれはて夢路をたどる心地《ここち》にて、あゆみかねてぞ見へたまふ。時に庄右衛門言葉あらゝかにいふやう、こはきたなし祐天和尚[*5]たとひ天魔《てんま》のしわざにて、菊が命をせめころし貴僧のちじよくに及びつゝ身をいかやうになしまたふとも、名主それがし両人は、命かぎりに御供せんと、約諾《やくだく》かたく相極《あいきわ》め、此惣談決定《このそうだんけつじょう》して、名主をあとにとめ置き、それがし一人御むかひにまいりたり。此上は貴僧いかやうに成《なり》給ふ共、我々両人御供仕らんに、何のあやうき所かおわせん。はや〱いそぎ給へといへば、和尚あざわらつてのたまはく、おろか成《なり》庄右衛門。汝

＊5　**こはきたなし祐天和尚**　「きたなし」は、卑怯、見苦しいという意味。気後れしたように見える祐天を、庄右衛門が叱咤している。

等二人が我が供とは、それ何のためそや、汝はいそぎさきへ行《ゆ》け。我はこゝにてしばらく、祈願するぞとのたまひて、心中に誓《ちか》ひたまわく、釈迦弥陀《しゃかみだ》十方《じっぽう》の諸仏達《しょぶつたち》、たとひ定業《じょうごう》かぎり有《あり》て、菊が命は失《う》するとも、二度爰《ふたたびここ》に押《おし》かへし、我教化《わがきょうけ》にあわせてたべ。かれを捨置《すておき》給ひて、我を外道《げどう》に成《な》し給ふな。仏法《ぶっぽう》の神力此度《じんりきこのたび》ぞと、決定《けつじょう》のちかひたておわつて、いさみすゝんで行《ゆき》給へば、庄右衛門も力を得、ちどりあしをかけてぞいそぎける。

やう／＼近付《ちかづき》与右衛門が家を見渡せば、四方のかこひ、柱計《ばかり》をのこしおき、こと／＼く引払《ひきはら》ひ屋敷中は尺地《せきぢ》もなく老若男女みち／＼たり。其外大路《そのほかおおじ》のうへ木の枝こゝかしこの大木《たいぼく》まて、のぼりつれたる見物人、かくばかり此村に、人多くはなけれ共、前々よりのふしぎなど、遠近《えんきん》にかくれなく、聞つたへし事なれば、又今朝よりせむるぞと、つげ渡《わた》るにやあるらん、道も田畑《たばた》も平《ひら》おしに、皆人とこそ見へたりけれ。＊6

かくて祐天和尚と庄右衛門は、いそぐにほどなく与右衛門が家近く着《つき》給へとも、いづくをわけて入給ふべきやうもなく、人のうへをのり

＊6　皆人とこそ見へたりけれ　祐天が到着したとき、与右衛門宅の周囲には羽生村の人口より多い群衆がつめかけていた。これまでの菊の憑依事件はすでに近隣に知れわたっており、またもや菊が何かに取り憑かれたとのニュースもたちまち口コミで広がって、多数の見物人が集まったのである。

こへふみこへやう〱として、菊がまくらもとに近付《ちかづき》たまへば、されども畳一枚敷《いちまいじき》ほど、*7 座を分《わけ》て待居《まちい》たるに、やかて着座し給ひ、あせおしのごひあふぎをつかひ、しばらくやすみ給ふ時、名主いと心せき顔《がお》にて、まつ〲はやく菊に十念をさづけ給ひ、いとまをとらせ給ふべし。とくにもおち入る者にて候ひしが、貴僧の御出《おいで》を相待《あいまつ》と見へ申と云時、和尚のたまわく、まてしばし。十念も授《さずく》くまじ。ちと思ふ子細《しさい》有とて、ながる丶あせを押拭《おしのごい》〱菊が苦痛を見給へば、実《げ》にも道すがら庄右衛門かいふことく、床より上へ一尺あまり、うきあがり〱中《ちゅう》にて五たいをもむこと、人道《じんどう》の中《なか》にして、か丶る苦患《くげん》の有べしとは、何《いず》れの経尺《きょうしゃく》に見へけるぞや、是ぞ始めの事ならんと、見るに心も忍《しの》びす、かたるに言葉もなかるべしと、あきれはて丶ぞおわしける。

いかなるつみのむくひにて、さやうの苦痛をうけしぞと、伝へ聞さへあるものを、ましてその座に居給ひて、まのあたりに見られし人々の心の内、さぞやと思ひはかられて、筆のたてどもわきまへず。*8

其時名主こらへかね、和尚に向ていふやう、ひらに十念《じゅうねん》を授け給

＊7 畳一枚敷ほど 畳が敷いてあったのではなく、その程度の広さのスペースを空けて待っていたということ。

＊8 筆のたてどもわきまへず 菊の苦しみようは伝え聞いただけでも驚くのに、目の当たりにした人の心中は書きようもないと筆者の残寿がコメントしている。

ひはや〳〵いとまをとらせ給へといふに、和尚の給わく[*9]何としてさは急ぐぞとのたまへば、名主がいわく、和尚は心つよし。我々はかゝる苦患を見候《そうら》ひては、きもたましゐもうせはつる心地して、中〳〵たへがたく候ふといへば、和尚の給わくさのみ機遣《きづかい》し給ふな名主殿。何ほどに苦《くるし》むとも、めたと死するものにあらず。さて此責るものは、しかと累と申か。又何の望《のぞみ》有て来《きた》れりと申かと問たまへば、名主答へていわくされば今朝より、いろ〳〵たづね候へ共、一言《ひとこと》も物は申さず只ひらぜめにて候といふ時、和尚扨《さて》こそまづ其相手を聞さだめ、子細《しさい》をよく〳〵問《とい》きわめずは、十念は授《さず》くまじとて、きくが耳のもとにより汝は菊か累なるか。また何のために来るぞや。我は祐天なるが見しりたるかと、高声《こうしょう》に二声三声すきまあらせで問給ふに、苦痛は少しやみけれども、有無《うむ》の返事はなかりけり。しばらく有りてまた右のごとく問給へば、目の玉のぬけ出たるも引入《ひきいり》色のあかきもたちまちあをく成《なり》、たゞまし〳〵と和尚の御顔をながめ、なみだをうかべたるばかりにて、いなせの返事はせざりけり。

＊9　の給わく　曰わく、の当て字。

其時和尚いかりを顕《あら》はし左の御手をさしのべ、かしら髪をかいつかみ、床の上におしつけ、おのれ第六天《だいろくてん》の魔王《まおう》め*10、人の物いふに何とて返事はせぬぞ。只今ねぢころすが、是非《ぜひ》いわさるやと、しばししづめて聞《きき》たまへば、其時息《そのときいき》の下にてたへ〴〵しく、何か一口《ひとくち》物をい丶けるを、和尚の耳へはすとばかり入けるに、名主はやくも聞つけ、すけと申《もうす》わつぱし（童衆）わつはしで御座あると申といふ時、とは何者《なにもの》の事そと問《とい》たまへば、名主がいわくこ丶もとにては六つ七つばかり成《なる》男の子を、わつはしと申とい丶ければ、

和尚菊に向てのたまはく、其助《すけ》といふものは死《しし》たるものか生《いき》たる物かと聞たまへば、また息の下にて答《こたう》るやう、かてつみに*11ゆくとて、松原《まつばら》の土手から絹川《きぬかわ》へさかさまにうちこふだといふを、和尚やう〳〵聞うけたまひ。

さては聞へたりとて打《うち》あをのき、名主に向てのたまふは、いかに其方はいやなる所の名主哉《かな》、今の詞《ことば》を聞たまひたるか。さては此わつはしは、大方親《おおかた》のわざにて、川中へ打こふだりと聞へたり。いそひで此

*10 **おのれ第六天の魔王め** 他化自在天、いわゆる天魔のことだが、ここでは相手を罵って言う言葉としてのみ使われている。
*11 **かてつみに** 「かて」は食料のことだが、ここでは穀類に混ぜて飯の量を増やすための野草・山菜などと思われる。

おやをせんさく、したまへと有ければ、名主承《うけたまわ》り、尤《もっと》仰《もおお》せかしこまつて候へ共、かつて跡形《あとかた》もしれぬ事なれば、何とかせんぎ仕らん。只そのまゝにて御弔《とむらい》あれといふ時、和尚のたまはくよく合点《がってん》し給へ名主殿、すでに此霊《りょう》つく事は、その怨念《おんねん》をはらさんために、来《きた》るにはあらずや。しからばかれが本望《ほんもう》をもとげさせず、ぜひなく弔《とむら》ふたればとて、何としてかうかぶべき。早々せんぎしたまへと有れば、名主またいわく、御意《ぎょい》もつともにては候へ共、今此大群《たいぐん》の中にて、何者《なにもの》をとらゑいかやうにかせんぎ仕らんと、一向承引《しょういん》せさる時和尚いかつてのたまはく、さてはその方は我がいふ事をうけぬと見へたり。よし〳〵我今寺に帰り、弘経寺《ぐきょうじ》をおしかけ*12、地頭代官《じとうだいかん》へつげしらせ*13急度《きっと》せんぎをとぐべきが、それにてもなを所の者をかばい、せんぎ成《なる》まじといわるゝかと、あらゝかにのたまへば、
名主十方《とほう》にくれ、さては何とかせんぎ仕らん。庄右衛門はいかゞ思はるゝぞといふ時、庄右衛門がいわく、とかくたゞ今和尚のたつね給《たもう》御詞《おことば》と、菊が答《こたう》る言葉を、少《すこし》ものこさず此大勢《おおぜい》の中へ、だん〳〵

＊12 弘経寺をおしかけ　直前に「寺に帰り」とあるので、この場合の「弘経寺」とは寺院の場所や組織のことではなく、その代表者である住職のことと解する。

＊13 地頭代官へつげしらせ　地頭も代官も領主に代わって領地の行政を担当する他に司法権ももっていた。祐天は、殺人事件として代官所に告発するぞ、それでも村の者をかばいだてする気か、と名主を恫喝している。

にふれ廻し、一々人の返答《へんとう》を、きくより外の事あらじといゝければ、この義尤《もっと》もしかるべしとて、名主一つの法言《ほうげん》*14を出し、居長高《いだけたか》*15にのびあがり、高声《こうしょう》にふれまはすは、おこがましくはありながらとふとかりけるせんぎなり。其ことばにいわく、只今祐天和尚菊を責《せむ》る者は何ものぞとたづね給へば、霊魂《れいこん》の答へには、すけといふわつはし成《なる》が、かてつみにゆくとて、松原のどてより、きぬ川へさかさまに、打こふだとこたへたり。然るあひだその打こみたる人を御尋《おたずね》あるぞ。縦《たと》ひ親にても兄弟にても其外親類けんぞくにても、ありのまゝにさんげせよ。若又《もしまた》他人他門《たもん》にてもあれ、此事におゐて、かすかに成共《なりとも》、見聞《けんもん》したる輩《ともがら》は、まつすぐに申出よ。当分《とうぶん》にかくし置き、後日のせんぎにあらはれなば、急度《きっと》六ヶ敷《むつかし》かるべしと、段々《だんだん》にいゝつぎ一々《いちいち》次第にふれ廻す。

庄右衛門がことわりには、少《すこし》も此義《このぎ》しる人あらば早々《そうそう》申出られよ。まづはその身の罪障懺悔後生菩提《ざいしょうさんげごしょうぼだい》のためなるべし。かつは亡者《もうじゃ》の怨念《おんねん》はらし、速《すみやか》に成仏させんとの御事にて、祐天和尚の御せんぎぞや。たのむぞ〱人々と、かなたこなた二三返《べん》、告渡《つげわた》れ共、皆々《みなみな》しらずと

＊14 法言　通達の言葉。
＊15 居長高に　現在では威張った態度のことを言うが、ここでは字義通りに、思い切り背伸びする様子。

いふ中に、東の方四五間《しごけん》ばかり*16隔《へだて》たる座中より、老婆《ろうば》のあるがのびあがり、其事《そのこと》は八右衛門に、御尋《たずね》あれとぞ訴《うった》へける。名主此よし聞よりも、それ八右衛門は何《いず》くにあるぞと呼《よば》はれば、今朝よりあれなる木の下に見えけるが今は居《お》らずといふにより常使《じょうづかい》にいゝ付こゝかしこと尋出し、やう〱につれ来《きた》るを、名主ちかく召《めし》よせ、かくの次第と問《とい》ければ、八右衛門よこ手をはたと打《うち》、さては其助《すけ》がまいりて候かや。是には長き物語りの候ものおと、泪《なみだ》をながしながら一々《いちいち》次第にかたりけり。

まづ其すけと申わつはしを、川に打《うち》こみ捨たる事は、六十一年以前《いぜん》の事、それがしはことし丁《ちょう》六十にて、*17未生以前《みしょういぜん》の事なれども、親どもの因果《いんが》はなしを、よく〱聞覚《ききおぼ》へたり。此度御弔《とむらい》なされたるかさねが実父《じっぷ》さきの与右衛門*18、やもめ*19にて在《あり》し時。他村《たむら》より妻をめとり、その女房男子《なんし》一人つれきたれり。その子の形《かたち》はめつかいてつかいで、びつこ*20にて候ひしを、与右衛門がいふやう、かくのごとくのかたわもの*21、養育《よういく》して何かせん。急《いそい》で誰《だれ》にもくれよといへば、母親のいふやうは親だにあきし此子をば、たれの人かめくまんやといへば、与

*16 **四五間ばかり**　八メートル前後。

*17 **それがしはことし丁六十にて**　この時点で八右衛門がちょうど六十歳だとすると、累と同年齢だったことになる。八右衛門の親が累の話をよく覚えていたのも、子同士が同世代のためか。

*18 **累が実父先の与右衛門**　累の婿となった菊の父・与右衛門は、この先代与右衛門の名を継いだ。

*19 **やもめ**　現在では配偶者と死別した寡婦・寡夫のことを指すことが多いが、かつては単に独身であることも「やもめ」と言った。

*20 **めつかいでてつかいで、びつこ**　助は片方の目と手足に障害があった。後で累について言われる「めつかいてつかいちんば」も同じ。

*21 **かくのごとくのかたわもの**　現代とは人権意識が違うとはいえ、これは明らかな罵倒語である。

右衛門云様《いうよう》、扨《さて》はその方共に出て行《ゆけ》と、折々《おりおり》せめて云《いい》けるゆへ、母親が思ふやう、子を捨《すて》るふちはあれ共、身《み》を捨《すつ》る藪《やぶ》なしとて只今かれが申通《とお》りかてつみにつれ行松原《ゆきまつばら》の土手より、川中へなげこみ、夫《おっ》とにかくと語《かた》れは、与右衛門もうちうなづき。それこそ女のはたらきよとて、中よく月日を送りしが、終《つい》に其年懐妊し、翌年《よくねん》娘を平産《へいざん》す。取《とり》あげそだて見てあれば、めつかいてつかいちんばにて、おとこ女は替れども、姿《すがた》は同しかたわもの、むかしの因果は*22手洗《たらい》の縁《ふち》をめぐると聞《きき》しが今の因果は針の先をめぐるぞやと、親どもの一つはなし*23にいたせしを、たしかによく聞覚《ききおぼ》へたり。さてそのかたわ娘は先与右衛門が実子なるゆへに、すてもやらて養育《よういく》し、先度の霊魂かさねとは、此かたわ娘の事なるぞや。さて此かさね成長《せいちょう》し、両親も死果《しにはて》、孤《みなしご》となりしを、代々百姓の家をつぶさしとて*24、親名主*25あわれみにて、今の与右衛門に入むこさせて置《おき》給ひしが、終《つい》に与右衛門が手にかゝり、かのかさねも此絹川《きぬがわ》に沈み果しは、是も因果《いんが》のむくひならん*26と、思ひ合《あわ》せて見る時は、今の与右衛門もさのみはにくき事あらしと、すすりなきをしなが

***22 昔の因果は**　因果応報の理は、たらいの縁をめぐるように自分のもとにもどってくるものだと聞いていたが、最近では針先をめぐるようだ（去年の報いが今年に現れるとはなんと早いことだ）。

***23 一つはなし**　いつも決まってする話。

***24 代々百姓の家をつぶさしとて**　名主が相続の世話を焼くくらいだから、累の家はこの村では有力な旧家だったのだろう。

***25 親名主**　現職の三郎左衛門の養父。

***26 是も因果のむくひならん**　因果応報を勧善懲悪の意味で受けとると、助を殺した両親の報いで累が殺されるのは親の罪の巻き添えになったようで、八右衛門の感慨やそれに同意する村人たちの態度が理解できない。ここは「運命」のようなニュアンスで解した方がいいかも知れない。

ら、いと明白《めいはく》にかたれば、聞居《ききい》たる人々も、みな尤《もっとも》と感しつゝ各々《おのおの》なみだをながしけり。

さて此八右衛門が話にて、かさねが年の数と、すけが川へながされし、年代を考《かんごう》れば、先助《まずすけ》がかわのみくづと成しは、慶長十七年*27壬子《みづのえね》に当れり。またかさねが年の数は、三十五の秋の中半《なかば》、絹川にて殺されしとは見へたり。

さて八右衛門が物語り卒《おわっ》て、祐天和尚きくに向てのたまはく、汝すけがさいごの由来《ゆらい》、つぶさにもつて聞届《ききとどけ》たり。尓《しか》るに、今菊に取付事《とりつくこと》、何ゆへ有てきたるぞやと、きく息の下にて答るやう、累が成仏したるを見て、我も浦山《うらやま》しく思ひ来《きた》れりと。

和尚此よし聞《きこ》し召《めし》名主に向てのたまふは、これは人々の、ふしんをはらさんためなれば、我が問ふことばと、助《すけ》が答《こたう》る挨拶《あいさつ》を、一々にふれ給へとあれば、名主御 尤《もっとも》と立あがり、大音声《だいおんじょう》にて、先のごとく、云《いい》つたへければ近くも遠くも一同に、声をあげてぞ泣《な》きにける。

さて其次に問《とい》たまふは、六十一年の間何《いず》くいか成《なる》所に在《あり》て、何たる

＊27　**慶長十七年**　一六一二年。翌年にキリシタン禁令、翌々年に大阪冬の陣。江戸幕府は成立していたが新体制はまだ安定しておらず、世相としては戦国時代末といった方がよい。また前年（慶長十六）には会津地震（推定M6・9）と慶長三陸地震（推定M8・1）があり、被害の記録の残っている会津藩、仙台藩、南部藩、津軽藩の他にも東日本の太平洋側一帯に被害があったと推測される。

くげんをうけしとあれば、助《すけ》がいわく、川の中にて昼夜《ちゅうや》水をくろふて居申たりと、又此通りを名主ことはれば、若きもの共のさゝやくは、さてはこのわつはしは、霊山寺渕《りょうぜんじぶち》*28に年来住《としころすむ》なる河伯《かっぱ》ぞや*29、雨のそぼ降れは、川浪《かわなみ》にさかふて松原の土手にあがり身をなぐる風情《ふぜい》してなきさけぶ有様を折〳〵《おりおり》みてしものをとて、みな口々《くちぐち》にぞつぶやきける。

さて其次に祐天和尚問たまはく、しからば今朝より人々の尋《たずね》る時、右の通りを述《のべ》ずして、何《なに》とてみな〳〵に、機遣《きづかい》をさせけるぞと、助答へていわく、さいふたればとてたすけてくるゝ人あらじと思ひ、せんなきまゝにかたらずと云へば、又此趣《おもむき》を先のごとく呼《よば》わる時、みなことわりとぞうけにけり。

さて和尚問《とい》たまわくしからばわれ本願《ほんがん》の威力《いりき》を頼み汝をたすけにきたりつゝ、いろ〳〵にとふ時、何とてものをいわさるやと、助《すけ》答へていわくたすからふと思ふたれば*30、余《あま》りうれしさのまゝに、何とも物が申されぬを、むたひに引《ひき》つめ給ひしとあれば、其時和尚もふかくになみだを流したまへば、名主年寄を始《はじめ》として、遠くも近くもみな一同に

＊28　霊山寺渕　霊山寺渕は羽生村から鬼怒川をはさんだ対岸のあたり。名前の由来となった霊仙寺は常総市中妻町に現存。

＊29　年来住なる河伯ぞや　河伯は河童のこと。羽生村から鬼怒川をさかのぼると現在の下妻市があるが、そこには河童が改心したおかげで水に不自由しなくなったという伝説がある。神社に河童の詫び証文がご神体としてあったが火事で焼失したという。ただし、水死者の霊魂が河童になるという理解は一般的ではない。『古今犬著聞集』では、単に「五六才成童」（五六歳の子ども）とされている。ここは、河童だと思っていたものは実はこの子の霊だったのかという意味に解する。

＊30　たすからふと思ふたれば　助かるだろうと思ったから。

声をあげなげき渡りしそのひゞき、天地もさらに感動し草木《そうもく》までも哀嘆《あいたん》すとぞ見へにけり。

　これぞ誠に弥陀本願《みだほんがん》の威力《いりき》を以《もっ》て*31、父子相迎《そうこう》して大会《たいえ》に入り、則《すなわち》六道のくげんを問《とい》給へば、宿命通《しゅくみょうつう》の悟りにて、一〱昔を語る中に、地獄は劇苦隙《ぎゃくくひま》なくして久しく、鬼畜《きちく》は苦報《くほう》おもくしていやしく、人間には八苦《はっく》の煙《けむり》たへず、天上には五衰《ごすい》の露乾《つゆかわ》かず、すべて三界皆苦《さんかいかいく》なれば、何《いず》くかやすき処《ところ》あらんと、心憂《こころう》けに申す時。弥陀を始めたてまつり、恒沙塵数《ごうしゃじんじゃ》の大衆達《たいしゅたち》まで、皆《みな》一同になげき憐《あわれ》みたまふらんも、此会《このえ》の儀式《ぎしき》に替《かわ》らじ。

　思ひ合て見る時は、其折のあはれさを、いか成ふでにかつくされん。さて和尚やゝよく泣《なげ》き給ひて、いざ成仏とげさせんと、名主方より料紙を取寄、単刀真入《たんとうしんにゅう》*32と戒名し、庄右衛門に仰せ付られ、西のはしらに押付んとて、起つ時、前後左右《さう》に並居《なみい》たる者共、一同にいふやうは、それよ〱庄右衛門殿、かのわつはしが、袖にすがりゆくはと云時、和尚を始め、名主年寄も、これはとおもひ見給へば、日もくれがたの

＊31　これぞ誠に弥陀本願の威力を以て　これ以下の文は、残寿のコメントで、善導『般舟讃』の「父子相迎入大會、即問六道苦辛事、或有所得人天報、饑餓困苦體生瘡、爾時彌陀及大衆、聞子説苦皆傷嘆」を踏まえたもの。極楽浄土に往生した人が阿弥陀如来はじめ菩薩たちに迎え入れられた時の様子もこうであろうか、という趣旨。

＊32　単刀真入　墓石や過去帳に拠れば、助の戒名は「単到真入」である。前掲浅野論文参照。

事なるに、五六歳成わらんべ、影のごとくにちらり〳〵とひらめいて、今書たまへる戒名に、取付とぞ見へける。

其時和尚不覚に十念したまへば、むらかり居たる老若男女、みな一同に南無阿弥陀仏と唱ふる声の内に、四方の気色を見渡せば、何とは知らず光りかゝやき、木々の梢にうつろふは、宝樹宝林と詠《なが》められ、人々の有様は、皆金色《こんじき》のよそほひにて、仏面菩薩形《ぶつめんぼさつぎょう》*33と変し、木にのぼり居たる、おのこどもは、諸天影向《ようごう》*34の姿かとぞ見えけるとなん。これぞ仏智の構《こま》ふなる、当所極楽とは聞へたり。

さて此気色をなかむもの、名主年寄を始め、其座にあつまる老若男女、百余人とこそ聞《きこ》へけれ。其時和尚戒名に向て、心中にきせいしたまはく、理屋性貞も単刀真入も、此菊が徳により、成仏したまふ事なれば、かならず、此ものゝ命を守り諸人のうたがひを散じ給へと、ふかく頼《たのみ》、十念回向卒《おわっ》て、いそぎ寮《りょう》に帰り給へば、同寮の人々、心許なく待居られしが、いそぎたち向ひ、何事候やおほつかなく候にと申せば和尚いと心よげにて、かゝる事の有しそや。戒名は書置しぞ。心

*33 **仏面菩薩形** 集まった人々の姿が、折しも射し込んだ夕陽の光に映えて明るく輝いているのを、仏の顔や菩薩の姿に喩えた。
*34 **諸天影向** 諸天とは仏教を守護すると考えられた神々で、天人や善神というのもほぼ同じ。影向は神々が仮の姿で現れること。木に登って見物していた人たちを天人に喩えた。

あらば諷経《ふきん》せよと仰らるれば、皆人々感じあひつゝ、老たる若き所化《しょけ》衆思ひ〳〵に諷経にこそは行れにけり。

さてまた祐天和尚は、いそぎ近所のい者*35をよびよせ、菊が療治をたのみ給へば、いしやかしこまつていそき羽生村に行き、菊か脈をうかゞひ、すなはちかへつて和尚に申やう、かれが脈の正体なく候へば、中〳〵療治はかなひ申さず。そのゆへくすりをもあたへず罷《まかり》帰り候といへば、祐天和尚聞給ひ、何をかいふらん、菊が命をば我諸仏へたのみおき、そのうえ単刀真入などへ能々《よくよく》やくそく置し物おと、思召し、しからは是非なし。其薬箱を開き益気湯《えききとう》*36を七ふく、調合し、我にあたへ給へとあれは、畏て候とて、すなはち調合して参らせ、御いとま申て帰られたり。和尚其跡にていそぎかの薬をせんじ給ひ、一番ばかりを持参にて、其夜中《やちゅう》に羽生へ行き、きくにあたへたまひつゝ、名主年寄にたのみ置き、寮《りょう》に帰らせたまひしが、跡にて段〳〵薬をあたへあくる廿《二》日に成しかば、益気湯二ふくにて、菊が気分本腹して、次第にひふも調ひけり。

*35 **い者**　医者のこと。「いしや」も同じ。

*36 **益気湯**　健胃、病後の体力回復に効能があるとされる漢方薬。現在も「補中益気湯」として漢方医療で用いられている。

【顕誉上人助か霊魂を弔給ふ事《けんよしょうにんすけ れいこん とむらいたも こと》】大意

祐天《ゆうてん》が助《すけ》の霊魂《れいこん》を往生《おうじょう》させる

新たな霊が菊に取り憑き、さらなる過去を暴《あば》き出す。

八右衛門《はちえもん》「さてはあの助《すけ》がやって来ましたか。これには長い物語がございます」

寛文十二年四月中旬、弘経寺にて十七日より、全僧侶参加の法問《ほうもん》が開催されていた。三日目の十九日、祐天も論争に火花を散らしていたが、ひと休みして向かいをながめると、羽生村の庄右衛門が思いつめた表情で祐天を見ている。何か一大事が起きたなとは気づいたが、その場はそのままにして、法問が終わった後、あらためて用件を尋ねると、累がまた来た、菊に取り憑いて責めさいなんでいるが、あの様子では菊の命ももう長くはないだろう、急いで来てください、と言う。祐天としてはどうも合点がいかないまま庄右衛門に同行し、道すがら様子を詳しく尋ねると、「今朝の五つ時より菊に取り憑いたとの知らせを受けて名主ともども与右衛門方に行くと、菊は以前にもまして苦しんでおり、七転八倒する様は宙に浮くほどで、体も赤く発熱し、眼球が飛び出すほどになっているのを介抱し、累よ菊よと呼びかけたけれども返事もなく、ただただ苦しむ有様で、大方もう命はこと切れているでしょう。せめて遺骸になりとも念仏をあげて後生を助けてやってください」と涙ぐんだ。祐天はこれを聞いてすっかり気後れし、呆然として足取りもおぼつかなくなったように見えた。

そこで、庄右衛門は言葉を荒げて、「見苦しいぞ、祐天和尚。たとえ天魔のしわざで、菊が死に、貴僧の恥辱となって進退に及んでも、名主とそれがし両名は、命のかぎり貴僧のお供をしようと固く約束し、名主が現場にとどまり、それがし一人お迎えにまいった。このうえは貴僧がどうなろうとも、我ら両名お供をいたしますというに、何の危ういことがありましょうや。さっさとお急ぎなされよ」と叱咤すると、祐天は庄右衛門をあざわらい、何のこれしき仏法の力をもってしてと決意をあらたにして与右衛門宅へ急ぐ。

与右衛門宅は、柱だけ残して四方の壁を引き払い、家の中はもとより、路上にも大勢の老若男女が集まり、なかには木の枝に登っている見物人までいた。その数たるやこの村の総人口より多い。事件を伝え聞いた人々が、近在の村々から集まってきたのだろう。道も田畑も人々で埋まっていた。

祐天と庄右衛門は、人垣を乗り越えるようにしてようやく菊の枕元へ近づく。畳一枚ほどの場所をあけてあったので、祐天はそこに座り、汗を拭い、扇をつかい、しばらく休んだ。名主は「菊はとっくに死んでいるはずの者ですが、貴僧を待っていたのでしょう、まだ息のあるうちに早く念仏を授けてください」と急かすが、祐天は「少し待て、思うところがある」と言って、菊の容態を観察する。菊は、床より一尺ほど浮き上がりもがき苦しんでおり、人間界にあってこのような苦しみの有様があるとは、経典や論書にもなく、もちろん見るのも初めてで、語る言葉もない。

名主は耐えかねて、早く臨終の経を読んで引導を渡してやってくれと急かす。
祐天「どうしてそんなに急ぐのか」
名主「和尚は心が強いが、私どもはこんな苦しみを目の当たりにして、魂の消えるような気分がして、とても耐えがたいのです」
祐天「そんなに心配しなさるな、名主どの。（人間は）どれほど苦しんでも、めったに死ぬものではない。菊に取り憑いている者は、確かに累と名乗っているのか？ また、何の望みがあると言っているか」
名主「今朝より、いろいろ尋ねているのですが、一言も言いません。ただ菊を苦しめるばかりです」
祐天は「それならば、まず相手が誰かを見定め、事情をよく確かめなければ、念仏を称えるわけにはいかんな」として、菊の耳元に口を寄せて「お前は菊か？累か？ 何のために来たのか？ 俺は祐天だが見覚えはあるか？」と大声で問いただした。苦痛は少しやんだようだったが、返事はない。もう一度尋ねてみたが、飛び出た眼球が元に戻り、火照った皮膚の色もおさまったが、ただまじまじと祐天の顔をながめ、涙を浮かべるばかりで返事はない。
祐天は怒りを見せて、左手で菊の髪の毛をつかみ、顔を床に押しつけて「おのれ第六天の魔王め、人に尋ねられてどうして返事をしない。このままねじ殺してやろうか、なんとか言え」と（脅して）、しばらく押さえつけていると、菊の口からかすかに声が漏れた。祐天には「す」とだけ聞こえたが、名主が聴き取った。

名主「すけと申すわっぱしだと言っています」
祐天「それは何者のことだ？」
名主「このあたりでは六つ七つばかりの男の子を、わっぱしと言います」
そこで祐天が菊に、その助というものは死者か生者かと尋ねると、「菜っ葉摘みにいくといって（連れ出され）、松原の土手から鬼怒川に逆さまにたたき込まれた」と言っているのが、ようやく聞き取れた。
祐天は「聞こえたよ」と顔を上げ、名主に向かって語った。
祐天「あんたは、いやなところの名主を務めているねえ。今の言葉、聞きなさったか。さてはこの子は、おおかた親の仕業で川に投げ込まれたのだろう。急いでこの子の親を捜してくれ」
名主「しかしながら、手がかりもないことですから、調べようもありません。そのままにしてお弔いください」
祐天「よく理解してくださいよ、名主殿。この霊が憑依したということは、その怨念を晴らそうとして来たのではないかね。それならば彼の本望をとげさせずに、ただ単に弔っても、どうして往生するだろうか。急いで（この子の身元を）調べてください」
しかし名主は「ご説ごもっともですが、この大群衆のなかで誰を捕らえ、どう調べたらいいのか」といっこうに動こうとしない。そこで祐天は「それならば弘経寺住職を動かして、代官所に訴え出て、厳しく詮議《せんぎ》してもらうことになるが、それでもなお村の者をかばい、調査はできないと言われるか」と脅しにかった。名主は途方に暮れて庄右衛門の意見を求め、その提案により、「助」の親を知るものは名乗り出よという通達を、人々に口伝えで順次伝達させることにしたところ、ほとんどの人が知らないというなかで、一人の老婆が「そのことは八右衛門《はちえもん》にお尋ねくだされ」と訴えた。

そこで、八右衛門を捜し出して尋ねると、ポンと手を打って、「さてはあの助が来ましたか。これには長い物語があります」と涙を流しながら語り始めた。八右衛門がその親から聞いた話によると、助が川に投げ込まれたのは六十一年前のこと。累の父である先代の与右衛門が他村より妻をめとった。その女房には一人の男の子の連れ子があったが、その子は片方の目と手足に障害があった。与右衛門はこれを疎んじて「誰かにくれてしまえ、さもなければ母子ともども出ていけ」と折にふれては罵ったため、思いつめた母親がわが子を川に投げ捨てたのは、助の霊魂が言ったとおりであった。先代与右衛門はそれを聞いて「それこそ女のはたらきよ」と妻を誉め、夫婦むつまじく暮らすようになった。そして翌年、与右衛門の妻は娘を産んだ。育ててみれば、その子も助と同じように片方の目と手足に障害があり、性別は違っても姿はそっくりだった。因果応報もずいぶん早くなったものだと、八右衛門の親たちはつづね話していた。この娘は実子であるため与右衛門も捨てずに累と名づけて育てた。累が成長し両親も死んで独身でいたのを、先代の名主が代々続いた家をつぶすわけにはいかないと、今の与右衛門を婿に世話した。「その累も、与右衛門の手にかかり鬼怒川に沈んだのも因果応報だと思うと、今の与右衛門もそれほど憎い奴だとは思われない」と八右衛門が物語を締めくくると、居合わせた人々はみなもっともと感じつつ涙を流した。

さて、八右衛門の物語を聞き終えた祐天は菊に向かって言った。

祐天「お前の最期の由来を詳しく聞いた。しかし、今ごろになって菊に取り憑いたのはなぜだ?」

菊(助)「累が成仏したのを見て、うらやましく思って来ました」。

祐天「六十一年もの間、どこのどういう所にいて、どんな苦しみを受けたんだ?」

助「川のなかにいて、昼夜水を飲まされていました」。

これを聞いた若者たちは、「さては霊山寺渕に住む河童とはこの子のことだったか」とささやきあった。

祐天「それでは今朝から人々が尋ねても何も言わなかったのはなぜだ?」

助「そんなこと言っても、助けてくれる人(祐天)がいなければしかたないじゃないか」。

祐天「それならば、俺がお前を助けに来ていろいろ尋ねたのに、なぜ物を言わなかった」。

助「だって、これで助かると思って、うれしさのあまり物も言えなかったのを、お坊さんが無理やり引き据えたんじゃないか」。

祐天は思わず涙を流し、名主年寄をはじめ、居合わせた人々も声をあげてみなもらい泣きをした。その声々がひびき渡って天地や草木までも感動したように見えた。

しばらく号泣していた祐天は「いざ成仏《じょうぶつ》とげさそう」と名主方から紙を取り寄せ、「単刀真入《たんとうしんにゅう》」と助の戒名《かいみょう》を記し、その紙を庄右衛門が西側の柱に貼りつけようとしたその時、周囲の人々が異口同音《いくどうおん》に「ほらほら、庄右衛門どの、あの子が袖《そで》にすがってゆく!」と叫んだ。祐天も名主たちも、何かと思って目を見張れば、日も暮れ方のこと、五、六歳の子どもの姿が、影のようにちらりちらりとひらめいて、今書いた戒名に取りつくように見えた。

その時、祐天が思わず念仏を称えると、集まっていた老若男女《ろうにゃくなんにょ》も皆一同に南無阿弥陀仏《なむあみだぶつ》と称え、念仏の声の満ちた周囲の景色を見わたせばなんとなく光り輝き、(夕陽に照らされた)木々の梢《こずえ》は宝樹《ほうじゅ》のよう、人々の姿も金色《こんじき》に染まり、木に登っていた見物人は天人《てんにん》のように見えたという。これぞ仏の智慧《ちえ》が作りだしたこの世の極楽かと語られた。その場にいたのは百余人と伝えられる。

祐天は戒名に向かって、「累も助も、菊のおかげで成仏したのだから、必ず彼女の命を守り、世間の疑いを退けてくだされ」と心中に念じて念仏を称え、寺に帰っていった。

寺に戻った祐天は同僚たちにことの次第を話すとともに、近所の医者を呼び寄せ、菊の往診を頼んだ。医者はさっそく羽生村に行って菊を診察して帰ってきたが、脈が不規則で治療できない(もう無理だろう)、薬もおかずに帰ってきたと報告した。祐天は胸の内で、何言うか、菊の命は諸仏へ頼み、助らの霊にも約束してきたのだからきっとよくなるはずだと思いながら、医者には、益気湯《えききとう》を七服調合《ちょうごう》してくれ、とだけ頼み、薬を受けとると医者を帰した。

それから祐天は急いで薬を煎《せん》じ、まず一服分を持ってその晩のうちに菊に与えるなどして、明くる日には薬二服で菊の気分もよくなり、快復に向かった。

菊《きく》が剃髪停止《ていはつちょうじ》の事《こと》

去程《さるほど》に今度の助《すけ》が霊病《れいびょう》も頓《やが》て本腹《ほんぷく》し、菊たつしやに成《なり》ければ、与右衛門金五郎もろ共に、名主年寄かたへ行き、先《まず》此間の礼をのべさて菊が願ふやう、我をば尼になして給《たま》われ。其故はいつぞやも申通り、極楽にて御僧様の仰せに、汝《なんじ》はしやばに帰りたらは、名を妙槃《みょうはん》とつゐて、魚鳥《うおとり》を食らはで、よく念仏を申せとにて候ひしか、とてもの事にいづれも様の御言葉をそへられ、祐天和尚様の御弟子《みでし》になしてたまはれといへば、名主も年寄も実《げ》に是は尤《もっとも》也。よくこそ望みたれとて、すなはち此者共を引つれ弘経寺《ぐきょうじ》へ参りつゝ、まつ祐天和尚の寮《りょう》にさんじ、此間の御礼をのべ、さてきくが願ひのしゆつけを乞求《こいもとめ》る時、

和尚のたまはく、菊が剃髪《ていはつ》の事さら〳〵もつて無用也。其故は、菊よく聞け。汝《なんじ》此度累《かさね》と助が怨霊《おんりょう》に取付れしゆへそれ成《なる》与右衛門も金五郎も、世にたぐひなき苦労を受《う》けしなり。その上に又その方出家せ

ば、いよ〳〵二人の者に苦をかけんか。自今以後《じこんいご》は其身もそくさいにて与右衛門にも孝をつくし、夫にも能《よく》したがひ、現世《げんぜ》も安穏《あんおん》にくらし、後世には極楽へ参らんと思ひ、ずいぶん念仏をわするなと、いとねんころにしめしたまへば。其時に菊名主年寄《きくなぬしとしより》に向《むかい》て申やう、只《ただ》何とぞ御訴訟《そしょう》なされわらわを出家させてたべとぞ願《ねが》ひける。

時に両人詞《ことば》をそろへ、和尚に向て又申やう、只今の仰せ御尤《もっと》もに候。さりながら親と夫と二人の事は、我々何とぞ才覚《さいかく》仕りいか様成《ようなる》よめをもむかへ、金五郎にあわせ候ひて、与右衛門をば介抱《かいほう》させ候はん。さて菊をは比丘尼《びくに》に仕、少庵《しょうあん》をもむすびあたへ村中の斎坊主《ときぼうず》＊1と定め申度候《もうしたくそうろう》。其故は羽生村の者とも、年来因果《いんが》の道理をも、わきまへず、邪見放逸《じゃけんほういつ》にくらし候所に、此度菊が徳により、みな〳〵善心《ぜんしん》を起し昼夜後世《ちゅうやごせ》のいとなみを仕る事、これはひとへに此娘の大恩にて候へば、いかにもかれが願ひのまゝに、剃髪《ていはつ》なされ候はゝ、我々の報恩《ほうおん》と存じ奉《たてまつ》らんなどゝ、言葉をつくして申ける時、和尚のたまわく、あゝ事くどし何といふ共、我は剃髪《ていはつ》せざるに、先々方丈《まずまずほうじょう》へも礼にあがり、

＊1 **斎坊主** 法事の際に食事を提供される僧。ここでは村が食費を支給する僧の意味。つまり、名主は、菊が出家したら村が生活を保障しようと提案している。

十念をもうけ候へと、寮《りょう》をせりたて給へば、人々是非なく畏《かしこまっ》て候とて、すなはち方丈に罷出《まかりいで》、両役者《りょうやくしゃ》を以て申上れば、みな〳〵召出され、十念さづけたまひて、

さて方丈の仰せには、菊よかまへて〳〵地獄極楽をわすれず、よく念仏して後世たすかれ。さて〳〵名誉《めいよ》の女哉《かな》と有し時、名主其御詞《おことば》に取付申上るは、尊意《そんい》のごとく菊も何とぞ念仏相続《そうぞく》のため比丘尼を願ひ候故、拙者共もかやう〳〵まで、祐天和尚へ申入候へ共、何と思召やらん一円御承引《しょういん》なく候。あわれ願《ねがわく》は尊前《そんぜん》の御意を以て菊が剃髪《ていはつ》の儀仰《おおせ》渡《わた》され候はゞかたじけなくこそ候はめと申上れば、方丈つく〳〵聞《きこ》しめされ仰せらるゝは、いか様冥土《めいど》より妙槃《みょうはん》といふ名まで付《つけ》来りしものを、出家無用《むよう》といふは、何《なに》とぞ彼《かの》もの、所存《しょぞん》あるらんか。とかく此事においては我《われ》がいろふ所にあらす。たゞ祐天次第にせよと仰せらるゝ時、みな〳〵畏《かしこまっ》て御前を立《たち》さり、また顕誉上人《けんよしょうにん》の寮《りょう》に来《きた》りて、名主和尚に向て申やう、只今方丈様にて、*2 きくが出家の事申上候へば、あなた*3にも御不審げに仰られ候。何とて剃髪《ていはつ》をゆるしたまはず候や。御

＊2 只今方丈様にて　名主は、檀通上人の「いか様冥土より妙槃といふ名まで付来りしものを出家無用とは何とぞ彼もの、所存あるらんか」という言葉にヒントを得て、祐天を説得しようとした。

＊3 あなた　あちら、の意。住職のことを指している。

所存いかにと尋《たず》ぬれば、和尚のたまはく、此者を俗にておき、子孫もながくつゞくならば、末のよまでのよき見せしめ、永代《えいたい》の利益《りやく》何事か是にしかんと有ければ、名主が云やう、近比《ちかごろ》憚《はばか》り多き申事《もうしごと》に候へ共、只今《ただいま》の仰せは、ひとへに貴僧《きそう》私《わたくし》の御料簡《りょうけん》*4、さし当《あたっ》ては、きくをめぐみ給はず。別《べっ》しては仏菩薩《ぶつぼさつ》の仰せを背《そむ》き給ふ所有。そのゆへはすでに菊浄土にまいりし時、菩薩僧《ぼさつそう》の仰《おおせ》にて、比丘尼の名まで下されしを、御もどきあそはさんや。是非〳〵出家させられ候へといへば、

和尚打わらひたまひ、其方はりくつを以て我をいゝふせんとな。いでさらば具《つぶ》さに返答すべきぞや。先《まず》さし当《あたっ》て菊をふびんに思ふゆへ、われ出家をゆるさぬなり。其子細《しさい》は、在家《ざいけ》は在家のわさあり。出家は出家のわざあり、跡前《あとさき》しらぬ若輩者修《じゃくはいものしゅ》しもならはぬ比丘尼のわざ。いとふびんの事也。又当来《とうらい》の成仏はもとより在家出家によらず。願生西方《がんしょうさいほう》の心にて念仏だに申せば他力本願《たりきほんがん》のふしぎゆへ、十則十生《じっそくじっしょう》疑《うたが》ひなし。さてまた浄土の菩薩の告《つ》げにより尼になれとの仰せをそむくとは、これもつともいたむ所なり、去《さり》ながらそれは大方時にした

***4　貴僧私の御料簡**　「あなたの個人的意見でしょう」と名主は祐天に反論する。

かつて、菩薩方便《ほうべん》の教化《きょうけ》にもやあるらん。我がおさゆる心は、三世《さんぜ》常住《じょうじゅう》の仏勅《ぶっちょく》によつて留《とどむ》るぞ。其故は、すでに此女三毒具足《さんどくぐそく》の凡夫《ぼんぷ》、散乱疎動《さんらんそどう》の女人*5なり。いかでか常住の心あらん。縦《たと》ひ一度《ひとたび》いか成《なる》ふしぎの利益《りやく》に預《あずか》るとも、業事《ごうじ》いまだ成弁《じょうべん》せず。何ぞ不退《ふたい》の人ならん。しからば比丘尼修行《しゅぎょう》、はなはだ以ておぼつかなし。その上此菊剃髪して、袈裟衣《けさころも》を着《ちゃく》しつゝ、此《ここ》や彼《かし》こと徘徊《はいかい》せば、隣郷他郷《りんごうたごう》の人までも、是ぞ地獄極楽を直《じき》に見たる、お比丘尼様よ、ありがたの人やとて、敬《うやま》ひほめそやされば、本より愚痴《ぐち》の女人成《なる》ゆへ、我身のほどをもかゑり見ず、鼻の下ほゝめいて、あらぬ事をも、いゝちらし、少々地獄極楽にて、見ぬことまでのうそをつき、人の心をとらかし信施《しんぜ》はかず〳〵身につみて、富貴栄花《ふうきえいか》にくらすならば、厭離《えんり》の心は出まじぞや。たま〳〵後世《ごせ》を思ふ時は、我が身一たび極楽へ参り、菩薩達《ぼさつたち》に直《じき》に約束し置《おき》ぬれば、往生《おうじょう》に疑ひなしと、後《のち》の世《よ》おそるゝ心もなく、三毒の引《ひく》にまかせ、身のゆたかなるまゝに、けだい破戒《はかい》の者にもなり、慚愧懺悔《ざんきざんげ》のこころもなくは、決定堕獄《けつじょうだごく》の人と成べし。此事猶《なお》も疑《うたが》はゞ現《げん》に世間の人を

＊5　三毒具足の凡夫、散乱疎動の女人　後の「愚痴の女人」も同じ。現代では「愚痴」という言葉は、不平不満を言う言葉の意味で用いられるが、ここで祐天の言う「愚痴」は文字どおり「おろかさ」のことである。仏教では、人間の根源的な煩悩として、貪欲（むさぼり）・瞋恚（いかり）・愚痴（おろかさ）を挙げ、貪瞋痴の三毒と言う。ここでの「愚痴」とはこのような根源的な迷妄のことを指す。女性は「愚痴」を免れがたいと言う祐天の女性観は差別的である。祐天の所属する浄土宗の開祖・法然は、親鸞、道元、日蓮ら他の鎌倉仏教の祖師たちに先駆けて女人往生を説いた（小栗純子『女人往生』人文書院）。しかし「祖師個人とは別に、教団としては差別的な女人往生論が布教されていったといえる」（勝浦令子『古代・中世の女性と仏教』山川出版社）とされる。祐天もこの例にもれな

見よ。或《あるい》は富士山湯殿山《ふじさんゆどのさん》其外白山立山《しらやまたてやま》など*6にて地獄極楽の有様を、此身ながらて見し者も、家に帰りてほど経《へ》ればいつの間にかわすれはて、あらぬ心も起りつゝ、地獄の業《ごう》をも造るぞや。是も三毒具足《さんどくぐそく》ゆへ、定めなき凡夫の習ひ也。いわれぬ出家を好みつゝ、破戒《はかい》念仏の機となりて下中品《げちゅうぼん》に降《くだ》らんより、在家十悪《じゅうあく》の念仏にて、下上品《げじょうぼん》に昇《のぼ》りたまへ。かならず〱お菊どの、比丘尼《びくに》好《ごの》みをしたまふなと、いとねんごろに教へ給へば、名主年寄を始として皆々道理につめられ、菊が比丘尼は、やめてけり。

尓《しか》ばせめての御事に血脈《けちみゃく》*7なり共、授け給へとあれば、それは尤《もっとも》とて、すなはち方丈へ仰上られ、不生妙槃《ふしょうみょうはん》と道号《どうごう》をそへ下され、本《もと》の身がらを改《あらた》めず、念仏相続せしが、累が怨念《おんねん》はれし故にや、其年より次第に田畑《でんばく》も実《み》のり、家も段々にさかへ、子共も二人までもふけ、今に安全《あんぜん》*8とぞ聞へける。

右此助が怨霊《おんりょう》も同じ菊に取つき*9、あまつさへ先の累が成仏《じょうぶつ》まで

かったのだろう。

***6 富士山湯殿山其外白山立山など**　これらの山々では、奇岩奇景を地獄極楽の情景に見立てて登山者を案内することが行なわれていた。特に立山の地獄は有名。

***7 血脈**　法然『選択本願念仏集』に「聖道家の血脈のごとく浄土宗にまた血脈あり」とある。師匠から弟子への教義継承の系譜のこと。菊は在家のまま祐天の弟子と認可された。

***8 今に安全**　菊が没したのはこの憑依事件の五八年後、享保十五年（一七三〇）。この『聞書』初版刊行当時の元禄三年（一六九〇）には菊は存命であった。残寿の記すとおり菊の家がさかえ安らかに暮らしていたとすれば弘経寺の庇護があってのことだろう。

***9 右此助が怨霊も同じ菊に取りつき**　以下、筆者残寿によるあとがき。祐天だけではなく、羽生

云《いい》顕《あらわ》せる事なれば、先聞《せんもん》にそへて終《つい》に一具《いちぐ》となさんと思ひ、顕《けん》誉《よ》上人《しょうにん》直《じき》の御物語を再三《さいさん》聴聞《ちょうもん》仕り、其外羽生村《はにゅうむら》の者共の咄《はな》しをも粗《ほぼ》聞合《ききあわ》せ書記《かきしる》す者《もの》ならし。

元禄三年年十一月廿三日　山形屋吉兵衛　開

正徳壬辰歳改　川村源左衛門　板

村の村人たちに取材していることが述べられている。

「きく　びゃうきほんぶくして」
「なぬし　きくをつれだち」

【菊《きく》が剃髪停止《ていはっちょうじ》の事《こと》】大意

菊《きく》の出家《しゅっけ》を止める

菊は出家したいと願い出るが祐天は承知しない。

祐天「お菊どの、尼《あま》になろうなどと思いなさるな」

しばらくして菊は健康を回復し、与右衛門、金五郎とともに名主年寄方へ出向いてこの間の礼を述べ、出家して祐天のもとへ弟子入りし、尼になりたいと願った。名主も年寄も賛同し、一同そろって弘経寺の祐天のもとに出かけ、菊の願いを申し出た。ところが祐天は、菊の出家は無用であるという。名主と年寄が、村としても菊が尼になれば、金五郎には別の嫁を世話し、菊には庵を与え村の法事をつかさどる僧として養うつもりでいるからと口添えしたが、祐天は、何と言われようと俺は菊を尼にする気はない、それより住職にも礼を述べに行け、とにべもなくはねつけた。そこで羽生村一行は住職のもとを訪れ、礼を述べるとともに、名主から住職へ、出家したいという菊の望みを伝え、祐天に頼んだけれども出家無用と断られた、ついてはご住職様のご意向をもって何とかしてくださいと願い出た。話を聞いた住職は、冥土から戒名まで授けられた娘に出家無用とは何か考えでもあってのことだろうか、とにかく羽生村の件は祐天に任せてあるので私が口を出すことではないと仰せられた。そこで一行はまた祐天のもとに行き、名主が再度の交渉を行なった。

師匠の檀通上人の名を出して、理詰めでせまる名主に、祐天は「それでは詳しく返答しよう」と、菊を出家させない理由を説明する。

在家には在家の仕事があり、出家には出家の仕事がある。世間知らずの若者が慣れぬ尼僧の修業で苦労するのはかわいそうだ。また、わが浄土宗の教えでは、成仏するのに出家と在家の区別はなく、念仏さえすれば阿弥陀如来のお力で誰でも極楽往生するのは疑いない。累に連れてゆかれた浄土の菩薩の尼になれとのお言葉に背くことになるのはつらいところだが、それはたぶんその時に応じた方便の教えであったろう。俺が出家はやめておけというのは、一度くらい不思議な体験をしたからといって、不退転の決意を持てるわけがないから、尼僧の修業はおぼつかないだろう。それでも菊が出家すれば、世間の人は地獄極楽を見てきた尊い尼さんだとちやほやするだろう。愚かな女のことだから、調子に乗って見なかったことまで見てきたような嘘をつき、布施を集めて贅沢な暮しにおぼれるようになっては、かえって地獄に落ちる結果になる。そうなるよりは、在家のままで念仏をして暮らした方がよほどよい。

「だからお菊どの、尼になろうとなど思いなさるな」、とていねいに諭されたので、一同も納得し、菊は出家をとりやめた。それならばせめて血脈なりとも授けてください、との願いには、祐天もそれはもっともなことと住職へ申し上げ、在家のままで念仏相続させた。

累の怨念が晴れたためか、この年より、与右衛門一家の田畑も作物が実るようになり、家も段々に栄え、菊は金五郎とのあいだに子どもを二人ももうけ、現在も安らかに暮らしていると聞く。

右、助の怨霊も（累と）同じ菊に取り憑き、あまつさえ先の累が成仏したことまで（助の言葉によって）明らかになったことであるので、これを累の物語にそえて一つにまとめたいと思い、顕誉上人直々のお話を再三拝聴し、そのほか羽生村の人々の証言もあらかた聞き合わせて書き記したものである。

元禄三午年十一月廿三日　　山形屋吉兵衛　　開

正徳壬辰歳改　　川村源左衛門　　板

〈資料〉『古今犬著聞集《ここんいぬちょもんじゅう》』巻第十二より――幽霊成仏の事その他

江戸時代の奇談集『古今犬著聞集』の巻第十二の冒頭には累憑霊事件に関連した話が六編収録されている。

目録には、

一　幽霊成仏之事　并祐天和尚かさねか亡魂をたすくる事
一　臨終正念之事
一　母か念仏功力にて子共浮ふ事
一　悪霊一夜別時念仏退事
一　弘法大師十念名号×事
一　酉天和尚法談の事　附十念の事

とあり、「已上祐天和尚之事」としてある。

これら六編のうち「幽霊成仏之事」は累憑霊事件の概略である。「臨終正念之事」から「酉天和尚法談の事」（本文では「酉天和尚十念之事」）は累憑霊事件解決以後の羽生村の人々や祐天の逸話である。いずれも『死霊解脱物語聞書』以前に文字に書き留められたもので、累憑霊事件が当初どのように伝えられていたかをうかがうことの出来る貴重な資料である。

この増補版では、「幽霊成仏之事」の全文に加え、『仮名草子集成 第二十八巻』（朝倉治彦・大久保順子編著、東京堂出版、二〇〇〇年）を参照してその後の話の概略（大意）を紹介する。なお、原文では祐天の名は「酉天」という当て字で書かれていることもある。

広坂朋信

幽霊成仏《ゆうれいじょうぶつ》の事《こと》

一下総國岡田郡羽生村《しもおさのくにおかだごおりはにゅうむら》に、かさねと云女《いうおんな》あり。

其《それ》か夫《おっと》ト、与右衛門《よえもん》ハ、入聟《いりむこ》にて有《あり》しか、女の姿見《すがたみ》にくし、とて、きぬ川え突落《つきおと》して殺し、同村の法蔵寺《ほうぞうじ》に葬《ほうむ》り、法名を妙林《みょうりん》と付て、弔《とむら》ひし、正保《しょうほ》四年八月十一日之《の》事也《ことなり》。

その後、与右衛門、妻《つま》を迎へしかとも、死せる事五人。

六人に及へる妻女、娘の子を生、其名を菊《きく》と云《いい》、其《その》菊、十三の年、寛文《かんぶん》十一年八月中旬に、菊か母、身まかりし。同年の冬、菊に聟を取りし。

其翌年正月四日より、菊煩《わづ》ひ、日ゝ《ひび》重《おも》く成《なり》て、同廿三《二十三》日に至て、口より泡をふき、眼を瞋《いか》らし、与右衛門に向《むかい》て
「我は是、廿六《二十六》年以前、きぬ川にて殺されし、かさね也」

と、いふ。

与右衛門も聟も、驚き逃て、家に、かへらす。

村中の人集りて、問へハ、しか〳〵と答へて
「我最期《さいご》ハ、法恩寺《ほうおんじ》村の清右衛門、慥《たしか》に見たり」

なと、様ゝ恐ろしき事いひしかハ、頓《やか》て、僧衆《そうしゅ》を招《まね》き、祈禱《きとう》をすれとも、更《さら》に、しるしもなし。

とやせまし、かくやせまして、日をふりし。

弥生《やよい》十日に、飯沼仏経寺《いいぬまぐきょうじ》の所化《しょけ》祐天《ゆうてん》、法学侶《ほうかくりょ》ふたりミたり、いさなひ来りて見れハ、菊、甚た苦しむ。

酉天《ゆうてん》おの〱、同音に念仏数遍唱《ねんぶつすうへんとなえ》て、後に、祐天、菊に苦痛《くつう》は、いかゝ、と、とへハ
「幽霊、今迄《いままで》ハ、胸の上に居て苦かりしか、胸より下りて、傍《そば》に居て、我手を不放《はなさず》」

と、いふ。

時に、酉天、名号《みょうごう》を書、四方の柱に張《はり》て、菊に、念仏申せ、と勧《すすむ》れハ
「霊魂、胸をおさへて、念仏申かたし」

といふ。

「いや、念仏すれハ、霊魂《れいこん》、往生《おうじょう》するそ、早唱《とな》へよ」

と、責《せめ》られけれハ、念仏三反申時に、酉天、十念を授《さづけ》て、苦痛を問へハ
「霊魂、胸の上成手を放《はなし》て退《のく》」

と、云《いい》、又、十念すれハ
「いよ〱退て、西の窓に向て居《いる》」

と答《こたう》。

又、十念して、とへハ
「宿を出す衣計、見ゆる」
と、云。
又、十念して、とへハ
「いつくへやらん去つて、見へす」
と云ひし。
又
「立帰り来り、東向に居る」
と、いふ。
時に酉天守本尊《まもりほんぞん》を取出して、示けれ、霊魂尽《つき》、去《さ》り失《うせ》て、本心になれり。
酉天、本尊を、とらん、と仕給《したま》へハ、病人、目を付て不放《はなさず》。
扨《さて》ハ、此《この》本尊を思ひ奉《たてまつ》るにこそ、とて
「しうハにて念仏せよ」
とて、所持《しょじ》の珠数《じゅず》を、与へて帰り、翌日、酉天、又、来り、村人共を集て
「此間ハ、いかゝ有つる」
と、問給《といたま》へハ

「我ハ地獄極楽《じごくごくらく》を見たり」

と、いふ。

「極楽は、いか成所《なるところ》そ」

と、問へハ
「極楽の門前《もんぜん》に僧有て、極楽の事ハ語る事なかれ、と侍し、其《その》僧、我に、珠数を与へたり、又、我に、名を妙磐《みょうはん》といへ、と、おしへられ、魚《うお》をくふな、と示されし、又、重き門前へ云しハ、汝《なんじ》は定業《じょうごう》ならねは帰すへし、とて、衣の袖を、我おほひて、爰《ここ》ハ地獄ハ見よ、とて通るに、衣の透間《すきま》より、其を見たり、白き道に至ると思へハ、夢の覚めたる心地して侍る」

と、云《いう》。

西天の与へ給ふ珠数を取出して、見すれハ、是也、と云。

則、西天、かさねか法名妙林を改めて、理屋照貞《りおくしょうてい》と号し、菊を、不生妙磐《ふしょうみょうはん》と名付し。

一夜念仏して、きぬ川の辺《へん》に、石塔《せきとう》を建《た》たりし。

同四月十九日早朝に、菊、又、苦痛《くつう》して、先のことく、物つき、と見へし。

村の人集りて問共、物いはす、又、西天を請《せい》しけるに、来て
「汝は、かさねか霊魂にてハあるへからす、かさねハ、決定往生《けつじょうおうじょう》せり、しからハ、再《ふたた》ひ来る事あるへからす、若《もし》、天魔《てんま》のわさか、狐《きつね》の付たるか」

と、責問《せめとわ》れしかハ

「我ハ、かさねにも非《あら》す、天魔にもあらす」

と、云《いう》。

「何者そ」

と、問《と》へハ

「我ハ助《すけ》と云者《いうもの》にて、慶長《けいちょう》年中に、衣川に沈《しずめ》られし者也《ものなり》。かさねか往生を、羨《うらやま》しく思ひ、爰《ここ》に来《くる》」

と、云《いい》ひしを、村の年寄たる者の云ひしハ

「其《それ》ハ、かさねか兄也《あになり》、かさねか母、助か六に成りし時、此村に来りし後の夫、助を誰にも養《やしなわ》せよと云《いい》母か云、様、我たに見くるしき、と思ふにや、誰人か養ふへき、とて、きぬ川につれ行、渕《ふち》に沈めける、されハ、折節、きぬ川の辺にて、雨に夕暮《ゆうぐれ》なとに、五六才成童《わらんべ》を見し人多《おおし》」

と、いふ。

即、祐天、念仏して、単到真入《たんとうしんにゅう》と改名《かいみょう》を付て、持仏堂《しぶつどう》へもたせ遣しけるに、苦痛忽《たちまち》に止む。

西天

「病人か菊か、助か」

と、問へハ
「菊也《なり》」
と、云《いう》。
「助か」
と、問へハ
「傍《そば》に居《い》ル」
と、云。
西天、仏檀《ぶつだん》に至れは
「いかに、こゝにハ居そ」
と、云時に、菊、指さして
「只今《ただいま》、助か持仏堂に行《いく》」
と、云。
西天、頓而十念を授《さずけ》て、さても、二人か往生、村の者共、疑《うたが》ハんか、と、心中に思ひしに、菊、
高声《こうせい》に二人共に
「決定《けっしょう》、往生疑事なかれ、と単到真入、我に告《つげ》よ」
と、有《あり》。

村の《(ママ)》の男女、見聞し、輩《ともから》、感涙《かんるい》を流し、念仏する者多かりけり。

与右衛門も法躰《ほったい》して、西入《せいにゅう》と改名し、一心不乱《いっしんふらん》に、念仏を勧めしかハ、延宝《えんぽう》四年六月廿三《二十三》日、終を取けるか、七日以前にハ、往生を知る、念仏解怠《けだい》なくして、来迎《らいこう》有か、と告《つげ》て、往生を遂《とげ》侍し。

臨終正念之事

【大意】

常州羽生村の老若男女は累往生を目の当たりにして、念仏を称えないものはいなかった。村の年寄庄右衛門の息子、五郎はまだ五才だというのに一心不乱の念仏者になった。常に足をつま先立ちして歩くので、なぜかと問えば「虫を踏んだらどうしようかと思うからさ」と答えたという。

十二月二七日の昼、五郎は十一になる姉に背負われて祐天のもとへ行き、名号を授けられて帰った。その夜より熱を出したが少しも苦しむことは言わず、ただ念仏を称えていた。

ようやく年を越した正月十一日、五郎の母がお迎えの夢を見た。香しい花が降るなか、白装束の人の漕ぐ舟に乗って黄色の僧衣の人（釈迦のイメージか）が「五郎、迎えに来たよ」と言って五郎の手を取り舟に乗せた。母は夢心に「私もともに乗せてください」と言って舟に取りすがったがかなわなかった。（浄土に行く五郎を）うらやましく思っているうちに虚空に音楽が響き、そのとたん夢から覚めて、さてはわが子の臨終は近いとさとり念仏した。翌日、五郎は大往生をとげた。

母か念仏功力に××《よっ》て、子共浮ふ事

【大意】

羽生村の年寄（『聞書』では名主）三郎左衛門の妻は欲深く自分勝手な人だったが、助が往生のありさまを見て、これまでは後生のことなど疑っていたが、今では有難いことだと、祐天和尚から十念を授かり、「私の四人の子どもたちは皆早世した。あの子たちを成仏させねば」と誓いを立て、一心に念仏した。夜明け前より起きて子どもたちの墓で念仏を称え、その足で弘経寺に詣でて壇通和尚の十念を授かり、帰りに祐天のもとに立ち寄って十念を授かって帰る。こうした日が続いたので祐天が説教した。

「そなたは若い女の身で、明け方に起きて供の者もつれずに、ただ一人で出歩くとは何事ぞや。後生願いにかこつけて不倫でもするのではないのか。あまりに怪しげなふるまいで納得できん。今後は来ないでほしい。」

と言われて名主の妻はしばらく考え込む様子だったが、「勘当されても仕方がありません。四

人の子どもを成仏するまではやめるわけにはいきません」と言って帰った。

妻はその後も昼夜の別なくひたすらに念仏を続けた。そうして二一日目、機を織っていると光明が輝き、紫雲白雲たなびく中から如来の姿が現れた。如来は四人の子どもを引導なされ「汝が念仏の功徳により六道に輪廻する子どもらはただ今極楽に至るぞ」と告げられた。

あまりの有難さに、ただちに持仏堂に向かい、声の限りに念仏を称えているところへ夫が帰ってきて「何事があった」と尋ねるので、今あったことを話し、夫婦ともども念仏を称えた。

悪霊一夜別時念仏に退く事

【大意】

常州松原村（現在の茨城県筑西市か）の大百姓加左衛門の妻は美女で夫婦仲はよかったが、その妻が病気にかかり臨終の際にこう言い残した。

「私が死んだら後妻を迎えるのは、私のことを思ってくれるのならばやめてちょうだい」

加左衛門は「そんなこととするものか」と言ったが、ついに妻は死んでしまった。

こうしたわけがあったのに、土地の代官が「そこもとには妻がいなくては」と後妻をめとることをすすめた。加左衛門はいろいろと言い訳をして拒んでいたが、代官が強くすすめるので断りきれずに仕方なく後妻を迎えた。

その夜から前妻（の霊）が来て、夫の首筋にひたと抱きついて顔を覗き込むようになった。夫は震え上がった。この家は天台宗だったので護摩を焚き、大般若経の転読をするなどさまざまな祈祷をしたが、その効果は上がらなかった。

そこで、弘経寺の祐天を頼もうということになり、羽生村の三郎左衛門と庄右衛門に使者になってもらった。二人は祐天のもとに行き、事件のあらましを語った。ところが祐天は「俺は寺の行事の準備で忙しいから行けない。お前さん方二人で蝋燭一挺切りに念仏を唱えなさい」と指示した。

「わたしどものような凡人の唱える念仏で悪霊が退くでしょうか」

「お前さんたちの唱える念仏も、俺の唱える念仏も、その徳は毛ほども変わることはない」

そこで二人は羽生村から十四五人を引き連れて松原村に向かい、同村の念仏者とも合流し、総勢五十人ばかりで、祐天が教えたとおり蝋燭一挺切りの念仏をして帰った。

その晩、三郎左衛門と庄右衛門の家の門を叩く者がいた。何事ぞと尋ねると、

「病人の言うには、思う存分に恨みを晴らしてやろうと思っていたが、有り難いことにお弔いいただき成仏いたしました、とのこと。そう言ったあとから、心が元のようになりました。ひとえにお二人のおかげです。まず御礼の言葉をお伝えしたいということで私たちが使いに来ました」

これを聞いて、二人とも大いに喜びあったのだった。

この事を祐天が法話で語ったところ、加左衛門（本文では加右衛門）一家が、加左衛門を辱める

ものだと怒った。それを聞いた祐天はあらためてこの一件を法話で取り上げ、この話をするのは加左衛門を辱めるためではない、懺悔によって罪が消える良き例として話したのだと語ったところ、加左衛門一家も納得して祐天に帰依したそうだ。

弘法大師十念名号の事

【大意】

帝の勅命で、弘法大師空海が阿弥陀三尊の絵に名号を書いて奉ったことがあった。以来、この名号は代々皇室で受け継がれてきたが、後白河法皇の戒師を法然上人がつとめた折に法皇より法然上人に布施としてくだされた。その後、(空海の開いた)高野山の明遍僧都が法然上人に帰依した時に、法然上人が「この名号は、あなたの祖師(空海)の筆になるものだから」と明遍に譲られた。

このことを上州館林常光寺にて、祐天和尚が法話で話すのを聞いた名主が村に帰ってから、こんな有難い話を聞いたと話すと、たまたま居合わせた高野山菩提院の使僧が「その名号なら、ある大名の奥方が拝みたいというので持ってきました。今ここにありますよ」という。名主は驚いて「それなら拝ませてください」と頼み、拝ませてもらった。それから名主は祐天和尚にこのことを知らせ、すぐに行ってみなに拝ませてくださいと頼み込んだ。後で何か言われるのは面倒だなど渋る祐天をせきたてて、人々に拝ませた。

その頃、このあたりの代官天野半右衛門、山川角之丞両人より、是非に城の女中たち拝ませたいと申し入れがあって、半右衛門の屋敷で御開帳となった。この半右衛門は日蓮宗だったが、大喜びしたそうだ。

法然上人直筆の裏書きもあったという。

酉天和尚十念之事

【大意】

羽生村の天台宗寺院・安楽寺で鋳物の鐘が出来上がったので、檀家に披露しようと桟敷席を作った。この村は土井能登守（土井利房か）と、土井信濃守（土井利直か）の領地が混じっており、能登守支配下の領民は財産があり、信濃守支配下の領民は貧しかった。貧しい者の席は片隅に設えられた。これに百姓たちは怒って、夜中に密かに桟敷を結ぶ縄を切っておいたから、当日、人々が桟敷に上がるとたちまち桟敷は崩れて大勢の人がけがをした。その上、石つぶてを投げ込んだので鐘の完成披露は大失敗。住職は面目を失い、寺を廃寺とし自分は上野（寛永寺）に帰ってしまった。

この騒動を企てた張本人五人は磔にされるか、首をはねられるか、いずれにせよ極刑だろうなど取り沙汰されていた。五人の百姓は弘経寺に行き、命ばかりはお助けくださいと泣きついたが、壇道和尚（壇通か）はその願いをはねつけた。見捨てられた五人が御堂の前にひれ伏しているところに通りがかった祐天は五人を哀れに思い、彼らを門前の名主内蔵之介に預けると、ただちに江戸に向かい、下谷（幡随院か）に宿を取って安楽寺住職を訪ね、羽生村に戻るように説得した。しかし、安楽寺住職は、すでに香取の寺に赴任することが決まっているから帰らないという。

そこで祐天は勧理院（寛永寺の寺務を司る役所か）に行って、弘経寺の使僧だと名乗って交渉した。もう決まったことだからという相手にこう言って説得した。

「それなら明日にも寺社奉行に訴え出ましょう。安楽寺側にも誤りなしとはいえません。徳川三代の位牌のある御堂の軒に見物の桟敷を作ったことは将軍家に対し不敬です。また、裕福な檀家と貧しい檀家を差別したことも出家のすべきことではありますまい。その上、自分に理があるとしても、僧でありながら我を張って、五人の百姓の命を奪うとは何事ですか、柔和忍辱の心をもって殺される者を助けることこそ仏に仕える者の道ではありませんか。」

こう言われて寛永寺側も納得し、安楽寺住職を羽生村に帰した。

さて、祐天が弘経寺に帰ると、壇道和尚がカンカンに怒っていた。千日寺で徹夜で法話をしろと命じられた祐天は、一夜のうちに九回法話を行なった。翌朝、寺から三里隔てた、法華宗の村の者が三人やってきて、私らの村に死にかけて苦しんでいる者が居たのですが、祐天和尚の十念の声を聞いて手を合わせ、念仏数百編唱えて安らかに死にました。このお寺から三里も隔たっているのにどうしてお声が聞こえたのか、不思議なご縁にひかれてめでたく往生しました、という。

それよりこの村に念仏を申す輩が多くなったという。

〈解説〉

板本仏教説話《はんぽんぶっきょうせつわ》のリアリティー——『死霊解脱物語聞書』再考

小二田誠二

『死霊解脱物語聞書』（以下、『聞書』と略記）は、特に『変化論』(1)に翻刻掲載されて以降、概ね高い評価がなされている。説教・唱導文芸としての完成度、芸能や小説への影響、宗教・民俗資料としての重要性、どれをとっても一級品である。しかし、作品の知名度に反して論文の数はさほど多くはない。そして、「珍しいまで凄愴の気が充ち溢れてゐる(2)」という、山口剛の、この作品に関するおそらく近代以降もっとも早い評価と、その根拠としての念仏あるいは祐天の高徳の礼賛を意図する「成心」は確認できたとして、さて、それがどのような方法によってなしえたのか、という問題には未だ答えを見出し得ていないのが現状であろう。凄愴さ・リアリティーの評価は高かったこの作品の、その表現の根底にある物こそ問われるべきではなかったか。ここでは、標題に掲げたように、『聞書』を、印刷された事実のリアリティーという問題に焦点を絞って、表現のレベルから論じていくことにする。

ところで、『聞書』はノンフィクションだろうか。霊に取り憑かれた若妻が空中に浮遊する様をありありと記す、それは虚構ではないのか。そんなことが実際に起きるはずがないと考える我々と、それを信じた人々との間には、深い溝がある。近代的・科学的な知の有無というような問題ではない。現代もなお、オカルトや怪しげな宗教を信じる人達は跡を絶たないのだ。怪談を扱うとき、我々は、事件の虚構性を穿鑿《せんさく》する必要はない。事実か虚構か、という対立を越えて、認識そのものが事実なのだ。そういう意味で、怪談こそ本質的にノンフィクションであると言うことも可能になる。「出版ジャーナリズム」は、マスメディアであるが故に、簡単に共同体の壁を超え、溝を拡げざるを得なかった。『聞書』は、そうした状況の中で、近世的ノンフィクション、つまり、「出版ジャーナリズム」としての自覚を書き込んでいるように思われるのだ。

以下、この作品の表現の特徴を具体例を挙げて検討することから始めよう。

一　祐天の説得力

『聞書』の研究は、一九七〇年代の基礎的な研究を経て、八〇年代後半、後に『悪霊論』（小松和彦、青土社、一九八九）・『江戸の悪霊祓い師』（高田衛、筑摩書房、一九九一）に収められる関連論文によって、飛躍的な発展・変質を遂げた。小松は、「悪霊憑きと呪術師による悪霊祓いの事件が、それに関与した呪術師の語りを通じて、怨霊譚に変形」するさま、悪霊払いの儀礼と悪霊の物語という語りの構造を抽出して見せた。高田は、『聞書』を丹念に読み進めながら、その表現のリアリティーについても言及した上で、累事件を江戸という都市と浄土宗教団の歴史の中に明確に位置づけている。以下、本稿で指摘する細々とした表現については、両書ですでに示されているものもあるが、繁雑になるので個別に断らないことにする。

さて、呪術師祐天によって掘り起こされた因果の図式は、村の歴史として認知され、怨霊譚として流布することになる。第一の問題は、村人がなぜこの因果話を信じたのか、というところにある。祐天の行なった悪霊払いのイベントの真偽や、実際にどのような仕掛けがあったのかを穿鑿《せんさく》することにはあまり意味がないだろう。何にしても、群衆を前にした祐天のパフォーマンスは現代人からみても驚くべき周到さで「ヤラセ」を排除しているように見える。全編のクライマックスでもある「顕誉上人助か霊魂を弔給ふ事」（本書一一九〜一四二頁）から具体例を挙げてみよう。

この章段は、弘経寺の祐天（顕誉）の許に、「累がまた来た」と村人が告げに来るところから始まる。祐天が現場に到着したとき、村外からの見物を含めた群衆に囲まれて、菊は空中に浮遊したまま悶え苦しんでいた。ここから祐天のショーが始まる。祐天は、菊の耳元で、「汝は菊か累なるか」と問う。返事がないといささか暴力的に問いただす。

其時息の下にてたへ〳〵しく、何か一口物をい、けるを、和尚の耳へはすとばかり入けるに、名主はやくも聞つけ、すけと申わつはしで御座あると申といふ時、とは何者の事そと問たまへば、名主がいわくこ、もとにては六つ七つばかり成男の子を、わつはしと申とい、ければ、

祐天には聞き取れない言葉、理解できない方言を名主が聞き取り、解釈する。このあと、助という幼い男の子を巡る因縁も、村人の証言によって明らかになる。六十歳の八右衛門によれば、六十一年前の事件で、自分も親から聞いただけだという。以下、祐天と、菊の口を借りた助との対話は、名主によって逐一群衆にアナウンスされる。助の因縁を聞いた「若きもの共」は、「さてはこのわつぱしは、霊山寺淵に年来住なる河伯《かっぱ》ぞや」と「みな口〳〵につぶや」く。こうして、古老しか知らない話は、村人達自身によって因果づけられ、原因不明の怪異ではなくなり、歴史的事実として確定するのである。

助・累・与右衛門・菊を巡る全ての関係が明らかになったあとで、祐天は助に戒名を授ける。村の年寄庄右衛門が戒名の書かれた料紙を持って立ち上がろうとしたその時、

前後左右に並居たる者共、一同にいふやうは、それよ〳〵庄右衛門殿、かのわつはしが、袖にすがりゆくはと云時、和尚を始め、名主年寄も、これはとおもひ見給へば、日もくれがた

の事なるに、五六歳成わらんべ、影のごとくにちらり〳〵とひらめいて、今書たまへる戒名に、取付とぞ見へける。

村役人達も、祐天さえも気づかない助の霊魂の出現に、まず群衆が反応する。「其時和尚不覚に」十念を唱えると、群衆も一斉に念仏する。百余人の群衆が集団で恍惚状態に陥っているのである。助の救済の場面から明らかになるのは、祐天が情報の交通整理、再構成をしているに過ぎないという事実である。自らの推理や霊能力によって何かを発見することはまったくない。語るのは、身内の憑代《よりしろ》ではなく、たまたま霊媒となってしまった菊であり、村人である。現代のタレント霊能者が、司会者や観客には確認しようのないモノを「霊視」してしまうより、遙かに真実みがある。このような、知りうる情報の制限・配分は、この作品全体を貫く大きな特徴になっている。累を解脱させる場面でも、祐天は、菊との対話を通してしか累の様子を知り得ないことになっている。村人に見えないものは祐天にも見えない道理である。祐天が整理し、再構成する物語の断片を語るのは、累を見ることができる菊、菊の口を借りた累と助、そして村の伝承・噂を知る八右衛門や若者達である。祐天は全知の語り手という立場を捨てる事で、現実的な認識枠を提示しているのである。累や助の言葉は、特別な霊能者ではない村人たちも聞くことが可能なのだし、特殊な儀礼によって怨霊を調伏するわけでもないから、祐天は、知識と判断力（そして、後述するように、国家権力を背景とする道徳）によって事件の内容に脈絡を付け、最終的に念仏の功徳を最大限に発揮できる状況を作り出しただけである。その場に居合わせた群衆全体が、一つの共同体として物語＝歴史を紡ぎ出し、ついには皆が助を幻視してしまう。だからこそ、このパフォーマンスは成功したのだろう。

これまで述べてきたような祐天の周到な誘導によって、群衆が幻視するに至った助の亡霊とそれにまつわる物語は、その場に立ち会った人々に共有された事実である。しかし、それは、演者と観衆が一体化する儀礼的、芸能的な場で発生する認識、今で言えば洗脳、マインドコントロールとでもいうべきものであって、その場を形成した共同体に参加しなかった部外者にとっては、にわかに信じられるようなものではない。祐天のパフォーマンスは、説教が口頭伝承のシステムの中にとどまる限りにおいて、成功したといえる。大群衆といっても高々百余人である。出版物として量産され流通した時、その説得力が持続可能であるという保証はない。以下、節を改めて第二の問題、共同体外に置かれた読者がなぜこの物語を受け入れるのか、という話に移ろう。ここで我々は、もう一つ外側のフレームの意味を読み取らなければならない。

二　残寿の説得力

前節で述べたような語りの階層については、すでに小松の指摘がある。しかし、実のところ、祐天が除霊を依頼される前に、累の霊は菊の口を借りてかなりの情報を村人と我々読者に伝えてくれている。それどころか、事件が公になる以前の累殺害がこの『聞書』の語り出しであるということに、改めて注意する必要がある。小松がこだわった時系列による語り直しは、一部この作品でも行なわれているのである。

一応簡単に事件の順序を確認しておくと、①助の殺害、②累の出生、③与右衛門の婿入り、④累殺害、⑤菊の口走り（累の憑霊）、⑥累の解脱、⑦助の憑霊、⑧助の解脱、と続く。『聞書』の記述は③・④・⑤・⑥・⑦・①・②・⑧の順である。語りの現在時はさらに下っているが、祐天や菊など、当事者が生存している時期である。小松の言うように、事件が明らかになっていく過程をドキュメントとして描くなら、菊の口走りから語り始め、累の殺害も菊の口を通して（つまり⑤・③・④・⑥・⑦・①・②・⑧の順に）語られるべきではなかったか、と言う疑問が生じる。なぜ、徹底しなかったのか。これには恐らく理由がある。

累の殺害には目撃者がいた。菊が口走った時点で、与右衛門も存命中である。この事件は、村人にとっては、いわば公然の秘密でしかない。これは、あぶり出された歴史ではなく、すでに疑問の余地なく定まっている事実である。おそらく祐天も、現場に到着するまでに、寺の若党権兵衛の説明を受けたことであろう。これに対して助の事件はあまりに古く、古老八右衛門が親たちの話として聞き知っていただけであり、祐天と霊の問答の過程で事実として認知されていったことは、前節で述べたとおりである。つまり、我々読者は、祐天の視点に沿うのではなく、村人と同じ情報を与えられ、村人の視点で読み進むように誘導されているのである。そのことは、祐天到着以前の憑霊現象でさらに明らかになる。

累は、菊に取り憑いて自らの殺害について語る。証人が居ることを告げてこれを認めさせ、村としての償い、供養を求めるのである。この間、累と村役人との問答は、さながら浄土宗講座、『往生要集』講座の様相を呈している。特に、一日本復した菊が語る地獄極楽の描写は、「其名をしらず、その事を弁へずといへども、あるひはなれし村里の器によそへ、あるひは近き寺院の厳にたぐゑて、しどろもどろに語りしを、伝え聞ば皆経論の実説に契ゑりとぞ」とある。予備知識を持たないはずの菊が、仏典にある状況を見たというのである。ここでも、菊の拙い語彙で語られた物を村人が解釈するという、前節で見たのと同じレトリックが用いられている。

これらの問答の結果、村人は（そして読者は）祐天の到着以前に、かなりの知識を与えられることになる。それは、例えば、後に祐天が菊に念仏を勧めた時、「百姓共、ことばをそろへていふ」疑問への伏線になっているというように、祐天のパフォーマンスが成り立つための、重要な状況設定なのである。それは、とりもなおさず、我々読者がこの話を納得するための導入だったといえる。読者は村人と共に祐天を疑い、祐天に諭されて感心せざるを得ないのだ。

この構成を支えているのが、残寿という語り手である。本書の末尾には、右此助が怨霊も同じ菊に取つき、あまつさへ先の累が成仏まで云顕せる事なれば、先聞にそへて終に一具となさんと思ひ、顕誉上人直の御物語を再三聴聞仕り、其外羽生村の者共の咄しをも粗聞合せ書記す者ならし。

と、この話が、祐天及び村人達への取材によって成り立っていることが記されている。この、残寿という語り手は、僧侶であるという以上に詳しいことは判っていない。疑えば実在さえ疑える人物である。しかし、この人物が、ここにいることこそが重要である。

彼は、単に署名を付した著者ではない。先に見たような編集を行なった構成者であると共に、この事件に興味を持つ一人の僧侶であった。彼は、菊の語る地獄の描写の中に堕落した僧侶の姿を見て、思わず自らの名を明かし、懺悔する。助が取りついて空中に浮かぶ菊の姿には「いかなる罪のむくひにて、さやうの苦痛をうけしぞと、伝え聞さへあるものを、ましてその座に居給ひてまのあたり見られし人々の心の内、さぞやと思ひはかられて、筆のたてどもわきまへず」と驚き、助の悲しい物語に涙する群衆に対して「其折のあはれさをいか成ふでにかつくされん」と嘆じる。助の亡霊が現れ、夕日を浴びたその場の情景が「当所極楽」と見えたというその有り様は、「諸天影向の姿かとぞ見えけるとなん」と、伝聞の形で記される。その場の状況が、現場にいなかった者の想像の決して及ばない領域であることを確認した上で、驚嘆する。現場にいなかった我々読者と同じ視線にまで下がって、一人称で語るのである。そのことによって、この作品は、冷静な取材によって記された署名入りのルポルタージュたり得ているのである。

見方を変えてみよう。例えば、当時弘経寺にいて祐天のパフォーマンスを実際にみた所化が「正に見たり」と書き記すことも可能であるし、極端な話、祐天自身が書くこともあり得た。残寿という人物が書く場合にも、そういう語り方の可能性はあっただろう。しかし、板本の読者は、その場に立ち会った彼らとは、事実を共有できずに孤立するしかない。そういう意味で、残寿という人物が、具体的な実在として同定できないとしても、また、浄土宗教団に属する人物、いわばお抱え報道官であったとしても、そのパフォーマンスの現場に立ち会わなかった人物として「実名」を明らかにして書き記すことに意味があった。

ここで、ようやく最初の問題にたどり着くことができる。このような語りが要請されたのはなぜか。それは、この作品が板本だからなのだ。祐天が村人を信じさせるために用いたレトリックとは別のレトリックが板本の読者には必要なのだ。それでは板本の読者とはどういうものなのか、という問題は、節を改めて検討することにしよう。

三　出版物の読者

宗教体験の奇跡は、仏教説話にいくらもある。祐天のパフォーマンスは、その奇跡そのものの実演であった。次いで、それが口頭で語られる説教の場があった。そこでは、語り手の誘導によって聴衆が一体化する共同体の中で、擬似的な奇跡体験として熱狂的に受け入れられる事もあっただろう。

貸本屋などが介在する組織的な流通を除けば、写本の場合も、読者は情報を補いながら本文を増補し、自分たちにとって信じられる事実を目指すことができた。しかし、印刷物の読者達には、固定された本文を、自分の知識の範囲で解釈することが求められる。説教の場は、ある意味双方向的であって、状況に応じて内容を変えたりする臨機応変な対応ができる。聴衆の理解が足りないところは、その場で補えばよい。身振りや声色も威力を発揮しただろう。そこに話者の技術もある。

しかし、書物、しかも板本として流通してしまったものは、作者の預かりしらぬ場所で、文字を読むことはできても、宗教的な因果話をどれほど理解できるかは見当のつかない人たちに読まれるかもしれないのだ。その時、誤解なく、説得可能な文体が必要になる。目の当たりに見ていない奇跡を簡単には信用できないし、疑問を投げかける相手もいない読者を、どうしたら導けるのか。名人の説教に匹敵する、解りやすく説得力のある文章が必要なのである。

板本の筆者は、非現実的な物、見えざる物を、語りのパフォーマンスを伴わずに、文章の力のみで可視化しなければならないという困難な問題に直面する。奇跡が起こったことを単線的に書いたところで信じてはもらえない。

紙幅の関係で細かな論証は省くが、例えば平仮名本『因果物語』のいくつかの話では、この問題をある程度意識した改変を行なっており、片仮名本は無頓着であったように見受けられる。(3)『伽婢子』に代表されるような翻案を含め、浅井了意の行なった出版活動は、説話が板本として広く流通するときに発生する、他者としての読者という問題をはっきりと認識した上で、啓蒙の説得力をどう確立するか、という事を自覚的に行なった非常に早い例と言える。

そして、その背景として江戸時代初期におこった儒仏論争の影響も視野に入れておく必要があるだろう。儒学は出版と結びついて現実的・論理的な思考を普及させ、国家的なモラルを可視化することに成功した。現実に見ることのできない奇跡は事実として認定できないし、来世のことなどわからない。学問の内容そのものの問題とは別に、そうして形在る物へ目を向け始めた(或いは、形のない物を見ることのできなくなった)「国民」から見れば、儒仏論争の勝敗は明らかだった。文字言語は、おそらく圧倒的に儒教と相性がよい。そうした状況で、仏教側にできることは、儒仏の根元は一つであること、さらに神道を加えた三教の言うところは同じであるという主張を展開することだった。現世に実在する報いを知ることで、今をよく生きることを奨め、救済の道として念仏の功徳を説く。鈴木正三や浅井了意は、講述・著作活動の中で、論理的な信憑性を確保する新しい語りのスタイルを築き上げていく。その上で、了意は、印刷物による布教の可能性を拓いたのだと言えるだろう。

祐天のパフォーマンスも、そういう意味で、儒仏論争の延長線上にあると言っていいかもしれない。羽生村に残る、子殺し・口減らしの容認といった原始的な共同体の規範や、仏教的な因果観も、儒教的モラルから問い直さざるを得ない。祐天は村が維持しようとする原始的な共同体のモラルが、「人間としての」あるいは「国民としての」道徳に反していることを指摘した上で、その罪からの救済を念仏に求めよというのである。つまりそれは、儒教的道徳観に依拠する新しいモラルによって、国家権力の介入をちらつかせながら村落共同体を脅し、一方で救済の道は念仏にあるという図式を示すことで儒仏の棲み分けを可能にするという戦略であったし、疑いを排除する周到な語りも、儒仏論争の中で鍛えられた現実社会を見つめるリアルな認識の一つの成果であったと言えるだろう。

儒教的な現実認識が出版物を通してある程度行き渡っている。そうして形成された手強い読者を、板本を通して説得し、浄土宗に導くために何が必要なのか。

すでに紹介されているように、『聞書』よりも早い成立とされる『古今犬著聞集』[4]巻第十二の「幽霊成仏之事」は、『聞書』と殆ど同じ内容を粗筋的に書き記しているが、両者には圧倒的な分量の違いがある。『古今犬著聞集』で抜け落ちてしまうのは（或いは『聞書』で増補されたのは）、祐天の周到な仕掛けだけではない。もっとも重要な相違は、細部ではなく枠組み、つまり残寿の存在そのものなのではないか。『古今犬著聞集』には存在しようのないこのルポライターこそが、『聞書』の要諦であった。

『古今犬著聞集』は、多くの実録写本と同様、誰のものでもない、無人称の語りとして、この事件を伝えている。無人称の語り、無署名の報道は、一見客観的に事実を伝えるようでいて、胡散臭さが残る。現場にいなければ知り得ない事柄を無人称で語るこのような表現を、読者が、作り話、「見てきたような嘘」と感じるのは（そして一部の知識人を除く実録の読者が同時代的にはさほど疑問を持たずに済んだのは）、そうした語りが、語り手と読者が同じ共同体の中にいて、因果の法則を共通の認識として持っているという前提の上にあったからである。この場合、必要があれば本文は流動し、共同体が納得するまで増補され続ける。高田の言うように、この事件が羽生村という地理的・歴史的に極めて意義深い農村での出来事であったとして、そのようないわくなどあずかり知らぬ多くの読者にとって、この事件は他人事でしかない。そうした読者を説得するためには、奇跡的な体験をいったん疎外する仕掛けが必要だったのである。そして、残寿という僧侶が、自らの興味にしたがって、複数の当事者達から取材した上で、増補の余地のない程緊密に事件を再構成し、一人称で感想を交えて語るという、この本の枠組みは、奇跡を目の当たりにしなければ信じられない外部の読者と視線を共有する仕掛けだったのである。「聞書」は、所謂「風聞集」と言う意味ではなく、残寿というジャーナリストの、個人的、主体的な営みとしての、聞き・書く行為そのものであった。そこにこの作品の、古来の物語とも、また実録とも異なる『聞書』たる所以があったのである。神仏、そして共同体がつかさどる世界の認識から、個人の知りうる限りにおいて認識し、実在することが可能な世界へ。そしてそれは、作者名があることを当然の前提として、作者が世界を創造する、小説というジャンルの形成と表裏の関係であったと考えられるのである。もっとも、元禄以降、全ての板本がこのような性格を帯びた、と言うわけではないのはもちろんのことで、そこにこそ、この本の突出した価値を認めるべきであろう。

むすび

そもそも我々は、古典文芸を、それどころか多くのメッセージを、他者としてしか受容できない。物語が立ち上がる場を共有することが不可能な位置にあるという意味において、写本も板本も我々からは同じ距離のところにある。祐天のパフォーマンスの現場での、個々の断片的な語りは、文字化されてしまえば、表面上は残寿の語りと同じことになる。しかし、それは、名人の落語を目の前で聴くのと、それを文庫で読むほどの隔たりがある。そのことを認識した上で、その時代に生きた表現者・読者の営みを読み直すこと。その一つの例として、『聞書』の意義を考えてみた。

事実はありのままに伝えることができる、という単純な思い違い、文字しかなかった時代と違って、現代は動画と音声を瞬時に伝えられる時代だから事実の伝達が可能だ、という誤解。メディアがいかに進歩しても伝えられないものはある。そのことを確認した上で、与えられたメディアでもっとも説得力を発揮する表現方法を用いることが必要なのだ。それは、三百年前の彼らがたたかって勝ち取ったものであり、電子メディア時代を迎えた我々にとって最も大きな課題でもある。

〈注〉

（1）『変化論　歌舞伎の精神史』服部幸雄、平凡社、一九七五

（2）『怪談名作集』日本名著全集一〇、一九二七

（3）一例として、平仮名本巻一の第十二話の、片仮名本中巻の第廿二話に対して、作中に奇跡を疑う人物を登場させ、検証させることによってそれを認知させ、同時に、読者の疑いを排除するという増補などが挙げられる。（『仮名草子集成』第四巻、東京堂出版、一九八三）

（4）『京都大学蔵　大惣本稀書集成』第七巻　京都大学文学部国語学国文学研究室編、臨川書店、一九九六。同書では、累事件のあとの羽生村の信仰についての話を載せることで祐天の徳や事件の影響力を語っている。

〈コラム〉

原著者・残寿のこと

『死霊解脱物語聞書』の原著者・残寿については、祐天上人に師事した僧侶であることしかわかっていない。いったい彼はどんな人物だったのだろうか。埼玉県行田市にある浄土宗寺院大長寺には祐天上人像が伝えられており、その縁で東京都目黒区の祐天寺から贈られた桜「祐天桜」が植えられている。

行田市佛教会公式ホームページの大長寺の紹介には次のような説明がある。

「なお、祐天上人像が当寺に伝わった理由は不明ですが、祐天上人の活躍を書いた元禄時代の書籍『死霊解脱物語聞書（しりょうげだつ　ものがたりききがき）』の著者「残寿（ざんじゅ）」と同名・同時代の住職が9代目におり、また作中の登場人物のうち2名が当寺の6代目・11代目住職と同名であることが関係しているのかもしれません。」（https://www.g-ba.jp/temple/1540/）

現在、決定打となる史料は見つかっておらず、あくまで可能性のレベルにとどまる話だが、あるいは大長寺で一時期住職として活躍した人物が『聞書』の著者だったのかもしれない。

（白澤社・編集部）

累と〝菊〟

松浦だるま

「おのれ我に近付け。かみころさんぞ」

累は菊の口を借りて、自らを殺した男にそう告げた。

この一言に私は心臓を掴まれたのだ。醜さを理由に殺され、人の目に映らぬ幽霊となりながらも、彼女は気迫と凶暴さを持っていた。

二〇一三年から五年間、私は講談社の漫画雑誌『イブニング』に『累 - かさね -』という漫画を連載していた。累説話をモチーフとし、あくまでも人物名やその配置、美醜というテーマにおいて参考にしたに過ぎないが、小二田誠二先生解題・解説、広坂朋信先生注・大意の『死霊解脱物語聞書』（初版）を何度も開き、資料としての用途を超えて、読めば読むほど累という女の魅力に取り憑かれた。そう、彼女は取り憑くのだ。死後三百年という刻を超えて、いまだに彼女は己の存在を怒りを世にアピールし続ける。

取り憑かれたのは私だけではない。小二田先生をはじめ、能楽師の安田登さん、アンソロジストの東雅夫さんなどが登壇される「累ノ會」というイベントが静岡で開かれ、ご縁あって私もトークショーの末席に加えていただけた。累という女は江戸期こそ有名な怨霊として名を馳せたが、現代ではめっきり名を聞かぬマイナーな存在に成り果てていた、はずだった。それがどういうわけか、彼女が気になり無視できない人間が登壇者・観客ともに多数集まり、能・浪曲・音楽などにのせて彼女の物語を表現する。何か波の到来のようなものを感じながら、私も漫画を通して、間接的にではあるが彼女の怨念を世に放つ。かつて累が菊に取り憑き、その口を借りて己を殺した男の罪を訴えたように、私たちも彼女に取り憑かれ思いを放つ媒介となったのだ。

そのように累がいまだ取り憑くのは、現在も理不尽な差別や排除が存在し、まだ『聞書』で語られる内容のリアリティーが褪せないゆえであろうかと思う。もちろん祐天上人をプロモートするために仕掛けられた、同書のとてつもないエンタテイメント性も一端を担っているのであろうが。それを差し引いたとて、累が、自らを殺した夫とそれを黙認する共同体の罪を白日のもとに晒し、地獄を語り、無理難題を押し付ける様は（ときに喜劇的ですらありながら）痛快なカタルシスを孕んでいる。現代を生きる私たちの中に、彼女への共感と罪悪感とが今もある。その事実について考えるとき、『死霊解脱物語聞書』の内容の虚実は問題ではない。ただ私たちは、彼女にとっての〝菊〟に成り得てしまうのだ。

拙作『累 - かさね -』は実写映画化されることとなり、土屋太鳳さんと芳根京子さんが主演を務め、虐げられた者の怨念を力一杯、華々しく演じてくださった（佐藤祐市監督、二〇一八年公開）。そこには本物の気迫と凶々しさ、そして深い悲しみとがあった。累説話は何度も歌舞伎や落語、映画になったことがある中でこう思うのは烏滸がましいかもしれないが、漫画『累 - かさね -』は怨霊・累がこの主演お二人に行き着くための、ただの通り道だったのではないかとすら感じている。実際、まるで転がされるように描いたのだ。

きっとこれからも、取り憑かれた誰かがまた〝菊〟となり、姿なき累の声を伝えるのだろう。相手を噛み殺さんばかりに凶暴な怒りと怨恨の念に満ちた、地獄から来たる女の声を。

《執筆者略歴》

〈原著者〉残寿（ざんじゅ）

生没年不詳。江戸時代の僧侶。

小二田 誠二（こにた せいじ）　解題・解説

1961年生まれ。静岡大学人文社会科学部教授。専攻は日本言語文化。
主な論文に、「ニュース言語の江戸・明治」（『文学』2003-01）、「江戸戯作の「連載」構想」（『日本文学』2004-11）、「物語としての『おくの細道』」（『文学』2007-1･2）、「真実は虚構であること」（『日本文学』2012-01）、「溜飲の下げ方：『天一坊実記』試論」（『文学』2015-7･8）など。

松浦 だるま（まつうら だるま）　増補版解説

漫画家。2013年に『イブニング』（講談社）掲載の『累 - かさね -』で連載デビュー。現在『ビッグコミックスペリオール』（小学館）にて『太陽と月の鋼』連載中。

広坂 朋信（ひろさか とものぶ）　注・大意

東京都生まれ。東洋大学文学部卒。編集者・ライター。
主な著書に、『東京怪談ディテクション』（希林館・絶版）、『〈江戸怪談を読む〉実録四谷怪談』（白澤社）。共著に『怪異の時空1 怪異を歩く』（青弓社）など。

〈江戸《えど》怪談《かいだん》を読《よ》む〉

死霊解脱物語聞書《しりょうげだつものがたりききがき》〔増補版《ぞうほばん》〕

2024年12月20日　第一版第一刷発行

著　者　残寿
小二田誠二（解題・解説）／広坂朋信（注・大意）
松浦だるま（増補版解説）

発　行　有限会社 白澤社《はくたくしゃ》
〒112-0014　東京都文京区関口1-29-6　松崎ビル2F
電話 03-5155-2615／FAX03-5155-2616／E-mail：hakutaku@nifty.com

発　売　株式会社 現代書館
〒102-0072　東京都千代田区飯田橋3-2-5
電話　03-3221-1321㈹／FAX　03-3262-5906

装　幀　装丁屋 KICHIBE
印　刷　モリモト印刷株式会社
用　紙　株式会社市瀬
製　本　株式会社鶴亀製本

ISBN978-4-7684-8004-5